Digitalis

Digitalis

Kriminalroman av

Sten Axelson

Förlag: BoD – Books on Demand, Stockholm, Sverige
Tryck: BoD – Books on Demand, Norderstedt, Tyskland
ISBN: 978-91-8057-830-1

Tidigare utgivning:

Herrens Tjänare 2019

Lektör och korrektur Yvonne Granqvist
Illustration: Sten Axelson

Personer:

Oscar Lonfeldt: Rik och död
Lennart Brorsson: Pensionerad polis
Irma Hultqwist: Sambo med Lennart
Per-Olof Svensson: Kamrer
Sara Lönnfeldt: Brorsdotter till Oscar
Ebba Bergström: Hushållerska
Simon Bergström: Bror till Ebba, fästman till Sara
Tony Persson: Riskkapitalist
Terese Hillman: Kanske dotter till Oscar
Roland Nastic: Kriminell
Peter Martinsson: Före detta fastighetsskötare
Christer Johansson: Snickare
Berit Holmkvist: Särbo med Oscar
Sture Magnusson: Polis
Alice Mäkinen: Polis
Yngve Bergholt: Polis
Johan Rabinder: Polis

Kapitel 1

Med en ilsken gest snor han runt och vänder ryggen mot mig. Han har en vit fläck, formad som ett eklöv och ungefär lika stort, mitt på byxbaken. Förmodligen har han satt sig i en fågelskit. Trots den spända situationen tycker jag det ser så lustigt ut att jag inte kan låta bli att skratta till. Han snurrar snabbt tillbaka och blänger på mig med sina vattniga ögon i det röda ansiktet. Han viftar med sitt pekfinger någon centimeter från min näsa.

– Tycker du det här är något att flina åt? Vad är det i det här som du tycker är så roligt?

– Inget alls, svarar jag. Det var bara ett nervöst skratt. Jag blev nervös för att du är så arg. Jag kom hit i all välmening för att prata med dig och i förhoppningen att vi skulle komma överens och så skäller du bara.

Vi är i hans övernattningslägenhet i centrala Borås. I en av de många fastigheter som han äger. Övernattningslägenhet förresten, det är en lyxig fyrarummare på över etthundra kvadratmeter, men han är ändå bara här då och då. Jag hade bett att få träffa honom här i dag. Det hade väl varit naturligare om jag sökt upp honom på hans kontor, men då hade det varit svårt att genomföra min alternativa utväg.

– Tycker du det är konstigt att jag är arg. Jag har litat på dig och så har du gått bakom ryggen på mig. Dessutom kommer du med krav som är så omöjliga att jag helst skulle vilja skratta åt dem. Vad tror du att folk skulle säga om jag går med på det du föreslår?

– De skulle säga att du kanske inte är så småsint som många säger. De skulle tycka att om vi kommer överens om mitt förslag då är du kanske den kloka och vidsynta affärsman och välgörare som du vill att alla ska tycka.

– Jag skiter väl i vad folk tycker

– Det tror jag inte alls att du gör.

– Det som gör mig mest förbannad är att du bedragit mig och gått bakom ryggen på mig så att jag framstår som en lättlurad pellejöns.

– Jag skulle inte kalla det att gå bakom ryggen. Jag har bara inte talat om allt jag gör för dig. Du brukar heller inte vara så frikostig med information om vad du håller på med. Jag kom ju hit för att berätta och ställa allt tillrätta. Men om jag vetat hur du skulle ta det så hade det varit bättre om jag inte kommit hit. Men jag kunde inte ana att du skulle bli så arg. Om jag vetat att du skulle ta det så här, så hade jag inte kommit.

Egentligen är det inte sant. Jag har hela tiden haft på känn att han skulle bli omöjlig att prata med. Men hans obehärskade sätt att reagera är mycket värre än jag kunnat föreställa mig och det gör att jag slutligen bestämmer mig för att göra det som jag sett som en absolut sista utväg.

– Du skulle alltså fortsatt att gå bakom ryggen på mig, men det ska du bli varse, att det kommer inte att ske. Sitt kvar, ryter han åt mig.

Samtidigt reser han sig och går mot toaletten.

– Sitt kvar, ryter han igen när jag halvvägs reser mig ur fåtöljen.

Han smäller igen toalettdörren efter sig och jag kan höra hur det börjar skvala därute. Hastigt reser jag mig. Med raska steg smiter jag ut i köket.

På köksbordet står den glasburk med olika gröna blad som jag vet att han strör på sin filmjölk som han börjar sin dag med. Han har berättat många gånger om sina kunskaper om örter och kryddor och vad den nyttiga örtmüsli innehåller, som han blandar ihop själv och lägger i sin filmjölk. Han har ofta påpekat hur noga han är med det.

Snabbt tar jag fram min lilla plastpåse och tömmer den i hans glasburk. Jag rör om lite på toppen så att mina blad blandar sig med dem som redan ligger där. Jag gör det för att det inte ska synas någon skillnad. Inte för att jag tror att han skulle märka det. Mina blad är ganska lika dem som var där innan. Men det kan vara bra att vara noga med detaljerna. Sedan skyndar jag tillbaka till min fåtölj.

Det spolar på toaletten och han kommer tillbaka ut igen. Ansiktsfärgen har lugnat sig något.

– Du kan gå nu. Det här är färdigdiskuterat och det blir som jag har sagt. Det är ingen idé att du sitter här och tjafsar längre. I dag är det fredag, men på måndag ska jag ta itu med det här.

Jag svarar inte, utan reser mig för att gå. Han ser lite förvånad ut. Förmodligen har han väntat sig att jag skulle böna och be. Av erfarenhet vet jag att det alltid ger honom en extra kick när han vet att han har fullständig kontroll och kan förnedra den *som han har makt över. Så till hans besvikelse går jag utan att ens säga adjö. Saker och ting ska kanske ordna sig ändå.*

Kapitel 2

Detta är den fjärde dagen i rad den här sommaren med riktigt hett väder. Allt Lennart Brorsson har planerat att göra känns just därför inte så angeläget och efter en stunds överläggning med sig själv, beslutar han sig för att det är bäst att försöka slappa. Det är ju ändå söndag. Men söndagar är ofta värst, den där enerverande oron som kräver att något måste hända är svårast just på dessa långtråkiga dagar. Efter att ha lusläst dagstidningen en gång till och även prövat med en bok, så har sysslolösheten fram på eftermiddagen blivit så irriterande och det kryper i kroppen efter att hitta på något att göra.

Egentligen är det för varmt för att ge sig ut på promenad, men något måste han ta sig till. Han frågar sambon Irma, men efter en stunds tvekan säger hon att det är för varmt och inte känner för att följa med. Hon sitter hellre kvar på balkongen under en parasoll med en kanna saft.

– Du blir ofta så här rastlös på söndagseftermiddagarna Lennart, säger Irma. Det är som om det fattas något för dig. Jag tror att du skulle må bra av att följa med mig till kyrkan.

– Det där har vi väl pratat färdigt om? Jag är och kommer att förbli en oförbätterlig ateist, eller i alla fall agnostiker. Jag kan följa med dig som sällskap någon gång, men det får inte bli för ofta, jag blir bara uttråkad.

– Ja jag vet vad du säger, men det känns så tomt att gå dit utan dig varenda söndag.

Hade han varit ensam hade han nog tagit sig en whiskey. Men han vet att det trots hans höga ålder är en farlig väg, som för några år sedan höll på att bli en alltför vanlig vana. Dessutom vet han att Irma i högsta grad skulle ogilla det.

Det är med tvekan han ger sig iväg. Han har ingen lust att promenera på gatorna i den här värmen, så han tar sin gamla Mercedes och kör mot ett skogsområde, som ligger i närheten av Länghem, några mil utanför stan. Till ett välbekant ställe där han har parkerat många gånger tidigare för att plocka svamp.

Det är något svalare här ute i skogen. Dofterna av kåda, barr och mossa tillsammans med tystnaden är rogivande. Till och med småfåglarna verkar tagna av värmen och är ovanligt tysta. När han går där känner han ett inre lugn sprida sig i kroppen.

Det är alldeles för tidigt och även för torrt, för att det ska finnas några kantareller, men av gammal vana går han med ett öga spanande vid sidorna av stigen. Inga kantareller finns det heller, men i stället ser han en huggorm utsträckt på stigen där den ligger och solar sig. När den upptäcker att marken vibrerar av att något närmar sig rullar den ihop sig som till en gråsvart kanelbulle och ger ifrån sig ett väsande ljud. Lennart tvärstannar och tar ett steg tillbaka vilket gör att ormen snabbt ringlar in i ett närliggande blåbärsris och försvinner.

Alltsedan barndomen har Lennart varit rädd för ormar. En tidig vårdag i sjuårsåldern blev han biten av en orm. Han blev mycket sjuk och fick tillbringa en hel vecka på lasarettet och sedan flera veckor i sängen hemma. Allt medan han kunde höra sina kamrater leka på gården utanför. Känslan av att ormar är farliga har aldrig lämnat honom. Hans före detta hustru hade tyckt att han skulle gå i terapi för att bli av med denna rädsla, men han hade vägrat. Han hade alls ingen lust att bli av med sin fobi.

Några hundra meter senare kommer nästa chock. Ett kort stycke framför sig på stigen ser han ett mörkt bylte som får alarmklockan i huvudet att skrika till. Det är en människa som ligger där

När han kommer närmare konstaterar han att det är en man som ligger på magen. Han är klädd i en kortärmad röd skjorta och mörka byxor. Byxorna har en stor vit fläck på baken, som om bäraren satt sig på en fågelskit. Han petar först till kroppen och ropar hallå. Det kommer inget svar så han tar tag i ena axeln och välter över honom på rygg. Personen som ligger där är mycket död och har varit det ganska länge.

Genom sitt arbete har han sett flera döda människor, så trots att han inte har något medicinskt kunnande, är det ändå lätt att konstatera faktum. En vit mask liksom vinkar mot honom från den högra näsborren i det blåsvarta ansiktet.

Jag skulle ha stannat hemma på balkongen jag också, tänker han. Vad skulle jag här att göra? Efter lite fumlande med mobilen, där fingrarna inte vill lyda, lyckas han till slut öppna den. På 112 svarar man genast och han förklarar sitt ärende och ger dem koordinaterna till platsen där han är.

När samtalet är avslutat känns det andäktigt tyst. Stillheten och avsaknaden av fågelsång förstärker en känsla av att naturen håller andan. Det känns lite kusligt så här alldeles invid den döda kroppen. Han undrar vad som personen som ligger där har dött av. Förmodligen har han väl blivit sjuk. Undrar om han låg här länge innan han somnade in? Undrar om han kände någon dödsångest där i sin ensamhet? Ropade han på hjälp som ingen hörde? Även om det förmodligen inte är mer än högst en halv timma sedan Lennart ringde, känns det som det tar mycket lång tid, innan han hör att ett par ambulansmän kommer joggande i skogen med en bärbår mellan sig.

Ambulansmännen behöver dock inte mer än kasta en blick innan de drar sig tillbaka och de tillsammans ställer sig att vänta.

Efter ytterligare några minuter dyker två uniformerade poliser upp.

Ambulansmännen lämnar dem och han får följa med den ene polisen och sätta sig i baksätet på polisbilen som finns parkerad någon halvkilometer bort. När de sitter där får han identifiera sig och berätta sin historia för den unge polismannen.

Denne förklarar att de begärt förstärkning och att det strax kommer mer teknikkunnig personal till platsen och till dess får de sitta kvar i bilen.

Efter någon timma har det kommit ganska mycket folk, fyndplatsen är avspärrad. En person, som är en gammal bekant och före detta kollega till honom, har också anlänt.

– Men Lennart vad gör du här, börjar han, jag trodde du hade förstånd nog att sitta hemma och njuta ditt otium och inte springa omkring i skogen och hitta gamla lik.

Kollegan är Sture Magnusson och de har arbetat ihop många år inom kriminalpolisen. Sture är några år yngre och har väl kanske fem år kvar till pension. Han har ett gott rykte och är känd för att vara en duktig polis. Under andra omständigheter hade Lennart tyckt att det skulle ha varit roligt att träffa honom.

– Jag har suttit nästan hela dagen och latat mig, så jag tyckte att jag borde röra lite på mig, säger han. Men med facit i hand ångrar jag nu att jag inte satt kvar i skuggan på balkongen. Trots allt jag varit med om blir jag ändå illa berörd när jag ser ett lik.

– Ja man blir nog aldrig helt van och det kanske är ett sundhetstecken trots allt, svarar Sture. Men vad jag förstår så vet du inte vem den döde är och det var bara en tillfällighet att du hittade honom på din skogspromenad.

– Ja, så är det.

– Då behöver du inte stanna längre, men du kan väl titta in på stationen någon gång så vi får prata lite. Du är inte precis någon flitig gäst på din gamla arbetsplats.

– Tja jag vill väl inte störa antar jag, men jag kommer nog att titta in om några dagar för att höra vad det var jag hittade.

Hemma på Liljeberget berättar Lennart för Irma vad han varit med om. Sedan häller han upp en stadig whiskey och Irma, som i vanliga fall inte alls uppskattar hans alkoholvanor säger, att det kan du behöva.

Kapitel 3

Per-Olof Svensson kallades kamrer, men han kunde ha haft vilken titel som helst. Han var bokhållare, telefonsvarare, städgumma, sekreterare, han gjorde precis allt som hans kusin, herre och härskare beordrade honom att göra. Kusinen hette Oscar Lonfeldt.

Oscar hade varit verksam i USA under några år i sin ungdom. Där hade han bytt ut ett "ö" mot ett "o" och tagit bort ett "n" i sitt efternamn. Tiden där återkom han ofta till och delade med sig av sina minnen till alla som ville lyssna. Även för dem som inte ville, för han var inte snål när det gällde detta. Men det var han när det gällde allting annat.

Bland de goda medborgarna i staden var han allmänt känd under namnet "Lönnfet", men det var Oscar helt omedveten om för ingen vågade säga det direkt till honom.

Nu satt Per-Olof på kontoret tillsammans med sin medhjälpare Eva-Lotta och skrev ut hyresavier till gästerna i Lonfeldts lilla imperium av hyresfastigheter. När de blev färdiga skulle det bli en hög med tvåhundraåttiofem kuvert som skulle gå med posten just i dag. Utöver hyresavin skulle hyresgästerna också informeras om att på grund av de omfattande renoveringsarbetena som genomförts skulle hyran komma att höjas med sju procent.
Enligt Oscar hade renoveringsarbetena varit mycket omfattande och kolossalt dyra och han hade i förhandlingarna med hyresgästföreningen hävdat att en höjning med tio procent ändå skulle innebära en mycket stor förlust för hans bolag.

Man hade ändå till slut enats om sju procent och båda sidor hade efteråt i hemlighet gratulerat sig själva till en framgångsrik förhandling. Det är ju så trevligt när alla är nöjda.

Hyresgästerna var kanske mindre nöjda, för det som Oscar kallade omfattande renoveringar, kallade hyresgästerna för fusk och hastverk och bara lite puts på ytan.

Per-Olof som hade tillgång till alla räkningar tack vare sitt arbete hade räknat på intäkter och utgifter och hade kunnat berätta att renoveringsarbetena skulle vara betalda med hyreshöjningarna redan efter något år. Men det hade han ingen tanke på att berätta för någon.

Klockan är strax före fem på eftermiddagen när de är klara med sin hög av kuvert och frankerat alltihop. Nu är det sju dagar sedan Oscar var här senast, tänkte han. Inte för att han saknade honom. Livet var mycket enklare när han slapp den ständiga inblandningen och petandet på detaljer i hans arbete. Om Oscar upptäckte att han inte följde hans anvisningar in i minsta detalj kunde han hålla långa svavelosande straffpredikningar om hur oduglig han var. Sanningen var att Perl-Olof var en stor tillgång för rörelsen. Han var intelligent, noggrann och obrottsligt lojal.

Så han saknade inte alls sin kusin, men det var ovanligt att han inte hörde av sig, det brukade han oftast göra varje dag. Per-Olof undrade vad detta kunde bero på.
När han och Eva-Lotta låst lokalen och kom ut på gatan med sin kasse med kuvert slog den varma luften emot dem. Han tog av sig sin jacka och med kassen i hand tog han farväl av Eva-Lotta som hade bråttom till Södra Torget för att ta bussen hem till Tullen. Per-Olof hade inte märkt så mycket av värmen

under dagen för det stora stenhuset där kontoret låg var lika kallt både sommar och vinter.

På vägen till brevlådan kikade han in i grannhusets något vildvuxna trädgård. Där konstaterade han att det trots att det var två veckor kvar till midsommar så blommade midsommarblomster i stora klasar med sina typiska lila blommor. Geranium sylvaticum, tänkte Per-Olof som var en inbiten botaniker. Den borde inte blomma ännu på några veckor men den tidiga blomningen berodde nog på att det varit ganska behaglig försommarvärme den senaste tiden.

När han tömt innehållet i sin kasse i en brevlåda och nästan fyllt denna till brädden var han klar för dagen. Brevlådan fanns alldeles i närheten av Systembolaget så när Per-Olof passerade, tänkte han att det var ju nästan som en uppenbarelse. Han skulle köpa sig en flaska konjak och ta sig en liten grogg på balkongen i den ljumma kvällen.

Ett par timmar senare när han genomfört sin goda tanke, inte bara med en liten grogg utan faktiskt ett par stycken och dessutom ganska rejäla så ringde det. Han tvekade om han skulle svara. Det är säkert Oscar, tänkte han och honom vill han helst inte prata med, åtminstone inte just nu. Men signalen var ihärdig så till slut gick han in och svarade.
– Godafton det här är Sture Magnusson vid polisen sa rösten i telefonen. Är det Per-Olof Svensson jag talar med?

Tusen tankar korsade huvudet på Per-Olof innan han svarade, men tänkte till slut att det är väl ingen mening med att neka.

– Ja, det är jag.

– Tyvärr måste jag meddela att vi med största sannolikhet har hittat din kusin och arbetsgivare död i dag och vi skulle gärna vilja ha ett samtal med dig med anledning av detta. Vi behöver också hjälp med en säker identifikation.

– Är Oscar död? När hände detta? Hur gick det till?

– En person med id-handlingar som uppger att han är Oscar Lonfeldt har hittats på en skogsstig i går och så vitt jag kan se är det just han. Men vi vill gärna att ni som kanske känner honom bäst också identifierar honom. Jag vill påpeka att det i nuläget inte föreligger någon misstanke om brott. Men som i alla sådana här fall startas alltid en förundersökning. Dödsorsaken är ännu inte fastställd, men inget tyder på att det är något annat än sjukdom som drabbat Lonfeldt akut. Skulle ni kunna vara vänlig och komma ner till polisstationen klockan åtta i morgon bitti, så att vi får talas vid lite och jag ska svara så gott jag kan på era frågor. Fråga efter mig här i receptionen så möter jag upp.

– Klockan åtta i morgon. Ja, jag kommer.

När han lagt på luren gick han tillbaka till balkongen och slog upp en rejäl grogg till. Med denna blev han sittande ganska länge. Tankarna rusade runt i huvudet på honom. Vad skulle nu hända med hans arbete? Han var snart femtio år och marknaden för kamrerer var inte så stor och det var längesedan han hade funderat på något annat arbete. Vem skulle ta över verksamheten. Fanns det någon plats för honom i en ny organisation?

Många gånger har han haft planer på att lämna Oscar och ägna sig åt något helt annat, men arbetet har varit intressant och några gånger har han tackat nej till erbjudanden om anställning just för att de varit inne i ett intressant projekt som han hade velat vara med och slutföra. I unga år hade Per-Olof varit klar över att en dag skulle han bilda familj med fru och barn men på något konstigt sätt hade han alltid skjutit på det också.

Trots att han kallades kamrer var han egentligen den grå eminensen i Oscars lilla imperium som fick allt att flyta på och fungera. Det skulle aldrig falla Oscar in att erkänna detta, men han var medveten om att Per-Olof var oumbärlig för verksamheten och Oscar, som tog alla beslut, fattade väldigt få som gick mot tvärs mot vad Per-Olof tyckte.

Per-Olof visste mycket väl att Oscar hade många fiender och kanske många av dem tyckte illa om honom också. Han hade ju alltid varit Oscars lydiga redskap.
Trots att han druckit en hel del konjak blev det en lång natt där han låg och kastade sig fram och tillbaka medan olika tankar korsade hans huvud. Inte förrän framåt femtiden på morgonen, när det redan var ljust ute, kunde han sova några timmar.

Kapitel 4

Sara Lönnfeldt är tjugofem år och föräldralös sedan sju år tillbaka. Först hade hennes pappa dött i cancer och bara sex månader senare hade också mamma dött av en hjärtinfarkt. Enligt Sara var denna hjärtinfarkt en följd av ett brustet hjärta för hennes föräldrar hade stått varandra mycket nära. Redan som artonåring hade hon stått helt ensam i världen. Föräldrarna hade efterlämnat ett litet kapital som gjorde att Sara året efter kunde avsluta sina studier med en gymnasieexamen, men sedan var besparingarna slut. Hon hade då fått anställning i Missionsförsamlingen i Länghem som en slags kanslist och hade även skaffat sig en liten lägenhet inte så långt från arbetet.

Det var en lördagseftermiddag i september. Löven hade börjat gulna och det var en sådan dag då det känns att nu är sommaren snart slut. Eftermiddagssolen lyste från en ljuvligt blå himmel och luften var så där klar och ren som den bara kan vara i september.

Sara hade börjat dagen med att städa sin lägenhet i Länghem och efter lunch kände hon att hon inte fick kasta bort den vackra dagen med att bara vara inomhus. Därför hade hon klätt sig ordentligt för en tur i skogen och med några plastpåsar i fickan, för eventuella kantareller, gav hon sig iväg. Hon behövde bara gå tvåhundra meter för att komma ut ur samhället och in på kända skogsstigar. Hon passerar genom en bokskogsdunge där stigen går som en spricka mellan branter på båda sidor. Sara får syn på några gula prickar högt uppe på ena sidan. Raskt klättrar hon uppför branten för att kolla om det verkligen är kantareller. Hon får greppa tag i små buskar och grenar när hon klättrar upp för det är riktigt brant. Väl uppe ser hon till sin glädje att det är några riktigt fina stånd med kantareller. När hon plockat alla i den medhavda plastpåsen är det dags att ta sig ner till vägen igen, men med den ena handen upptagen med påsen, går det inte bättre än, att hon slinter till och snabbt rasar neråt. Hon försöker hålla balansen men det är så brant att hon med allt längre steg tvingas springa neråt snabbare och snabbare. Nästan nere går det inte längre så med ett brak faller hon genom de sista snåren rakt ut på magen på skogsstigen. Exakt i samma stund kommer en ung motionär klädd i träningsoverall löpande på stigen och kan inte undvika att snubbla på kroppen som kommer farande så att också han blir liggande.

Motionären är snabbast upp och försöker hjälpa även Sara att resa sig.

– Vad hände, hur gick det, du är väl inte skadad? säger han.

Sara har nu rest sig och känner efter att allt fungerar som det skall och det verkar som om allt är helt och hon har inga större smärtor, kanske med undantag för ett stukat självförtroende. Lite genant känns det.

– Det är nog ingen fara, luften gick bara ur mig lite grand. Jag försökte ta mig ned för slänten men snavade och det gick fortare och fortare så till slut föll jag pladask på stigen och så kom du i samma ögonblick.

– Ja i ena stunden var det tomt på stigen och i nästa låg du där så jag hann inte väja.

– Jag var uppe för att plocka lite kantareller och dem har jag fortfarande i handen, säger Sara och håller upp sin påse.

– Men det var väl tur, både att du är skadefri och att du inte tappade bort dina kantareller. Ja, Simon heter jag förresten och jag är bara ute för att motionera lite.

– Sara heter jag, trevligt att träffas även om omständigheterna kunde ha varit bättre. Men jag är egentligen också ute för att motionera. Kantarellerna var bara en extrabonus.

– Men då kan vi väl ha lite sällskap föreslog Simon.

Och så blev det. Allt sedan dess är de ett allt mer sammansvetsat par och nu nio månader senare är de helt bestämda med att det skall fortsätta så.

Kapitel 5

Middagen ska vara klar klockan fem på söndag. Då kommer det sex herrar hit till Stora Byrhult och vi ska diskutera viktiga affärer. Så hade instruktionerna låtit och Ebba Bergström hade agerat därefter och klockan fem på söndagseftermiddagen är hon redo att servera en excellent måltid.

Två bilar med de sex gästerna har anlänt på utsatt tid, men värden har inte kommit. Efter en dryg timma med idogt, men framgångslöst ringande till Oscars mobil, har de under visst muttrande lämnat platsen.

Ebba hade också försökt nå Oscar men inte heller hon har fått något svar.

En hel del av maten, som oxrulladerna, skulle gå att rädda genom att frysa in, men förrätten som varit löjromstoast skulle inte gå att spara. Så det bästa de kunde göra var att äta upp den själva. Ebba var inte helt ovan vid snabba ändringar av givna order men den här gången tyckte hon att Oscar rent av hade överträffat sig själv.

Där fick jag mera vatten på min kvarn, tänker hon, men en bättre liknelse var nog att hon fått mera bränsle till den eld som brann inom henne, en glödhet eld av hat till sin arbetsgivare Oscar.

Trettiotvå år gammal hade hon kommit till Stora Byrhult. För tio år sedan såg hon bra ut, men åren här har satt sina spår. De hade varit de värsta i hennes liv. Hon har ett förflutet som bland annat reseledare och turistchef i Uddevalla. Därefter hade hon tillsammans med sin dåvarande man drivit en restaurang, men när äktenskapet gick i kras såldes restaurangen och Ebba stod utan arbete och försörjning. Efter en tids arbetslöshet hade ett erbjudande från Oscar gjort att hon hamnat på Stora Byrhult.

För tio år sedan hade hon alltså hamnat som husfru på herrgården Stora Byrhult. Ett ställe som förutom att vara bostad för direktör Lonfeldt också var centrum för den representation som ingick i hans verksamhet.

Att den tioåriga perioden varit så dålig berodde på hennes arbetsgivare, som gjorde varje dag till ett kaos bestående av kritik av allt hon gjorde, smått som stort. Order och kontraorder där hon med ingen förvarning alls skulle ställa upp med allt möjligt i matväg och även agera värdinna för övernattande gäster.

Beskyllningar om att hon skulle ha försnillat och stulit både det ena och det andra var legio. Rena personangrepp som att hon var tjock och ful och en belastning för hans verksamhet ingick också i den dagliga terrorn.

Varför fann hon sig i detta då? Det var väl bara att säga upp sig och skaffa ett annat arbete? Men det var inte så enkelt. Hennes bror Simon, som hade blivit anställd samtidigt som Ebba, var inte i den situationen att han kunde välja. Han hade ett minst sagt stökigt förflutet. Han var åtta år yngre än Ebba och för tio år sedan hade han varit tjugofyra, nyligen utsläppt efter sex månader i fängelse. Han hade ett digert brottsregister, främst orsakat av att han missbrukat droger av olika slag och under inflytande av dessa hade han begått ett stort antal brott, de flesta små men också en del grova.

Nyutsläppt från fängelset och med en stark föresats att nu vandra den smala stigen, hade han försökt skaffa ett jobb och en bostad. Men han hade inte lyckats med varken det ena eller det andra.

Ebba som nyligen hade börjat arbeta för Oscar hade bönat för sin bror och till sin stora glädje hade han gått med på att anställa Simon.

Hon hade till en början trott att Oscar gjort detta av ren medmänsklighet och välvilja, men hade snart blivit varse att han hade helt andra bevekelsegrunder. Han hade sett detta som en möjlighet att få hållhake på både Ebba och Simon. Allt sedan dess hade han behandlat dem båda som livegna slavar.

Ebba och Simon var de enda fast anställda på gården, men det var vanligt att det var extraanställda som också var inackorderade där. Det var en av Ebbas uppgifter att se till att de alla fick tre mål mat om dagen. Just i dag var de dock ensamma så när Simon kom in för middag var det bara dukat för två.

– Vad är det här för festmåltid? frågar Simon när han ser vad Ebba dukat fram.

– Det är den middag jag lagade till ett sällskap på sju personer som skulle ha haft middag här i går, svarar Ebba. Den blev inställd då Oscar inte dök upp, så ät ordentligt nu, för det som blir över får jag kasta.

– Vad säger Oscar då?

– Jag har inte lyckats få tag i honom, han svarar inte på mobilen så jag vet inte varför han inte dök upp till middagen.

– Ja, man kan ju vänta sig vad som helst av honom säger Simon.

Efter middagen gick de var för sig till sina sovrum för att vila middag en stund. Det var en lyx de kunde unna sig när inte Oscar var på plats.

Ebba hade sin bostad högst på vindsvåningen på Stora Byrhult. Middagsluren var en gammal vana sedan många år tillbaka, men på senaste tiden hade hon funderat på att sluta med dem. När hon låg där kom alltid de dåliga tankarna. Skulle livet vara så här, skulle hon aldrig bli fri från Oscar? Hon hade länge tänkt att Simon skulle kunna skaffa sig ett annat arbete, men alla sådana försök hade varit fruktlösa. Hon kände sig som en fånge utan något hopp om att någonsin bli fri.

Simon hade inga problem med sin middagslur trots att även han ibland hade likadana tankar som sin syster.

Han bodde i den gamla drängstugan som var en av de två byggnader som flankerade huvudbyggnaden med en stor singelbelagd grusplan emellan.

Stora Byrhult är en mycket gammal herrgård där huvudbyggnaden är uppförd i mitten på artonhundratalet. Det är en vacker gård högst uppe på en kulle omgiven av stora åkrar med en 800 meter lång allé kantad av ekar, som är betydligt äldre än huset. Gården är byggd på resterna av ett äldre hus som legat på samma plats tidigare. Allén leder från landsvägen och upp till huvudbyggnaden. Det finns också ett stort antal andra byggnader som ladugårdar och uthus, men dessa ligger ett bra stycke vid sidan om.

Ebba och Simon träffade sällan några andra människor bortsett från extraarbetarna och de gäster som Oscar hade. Men nu hade Simon av en märklig slump träffat en kvinna, vilket så småningom hade utvecklats till en kärlekshistoria. Detta hade han varit mycket noga med att hemlighålla för Oscar, då han var säker på att denne skulle göra allt för att få slut på det.

Det fanns två skäl till det. Det ena var att det på sikt skulle kunna innebära att han tappade greppet om Simon. Kvinnan eller flickan i fråga hette Sara och bodde i Länghem och arbetade som någon sorts administratör i missionsförsamlingen där. Det andra skälet till Oscars förmodade motstånd var att hon var syskonbarn till honom.

Hon var också för egen del tveksam till att förhållandet med Simon skulle bli känt då Simons bakgrund kanske inte skulle vara så uppskattad av medlemmarna i missionsförsamlingen.

De hade träffats mitt ute i skogen en lördagseftermiddag, då de båda var på promenad var för sig. Att de skulle stöta på varandra mitt i djupa skogen var så osannolikt att båda trodde på att det var en högre makt som sett till att de så bokstavligt sprang på varandra.

Det är nu nio månader sedan de träffades och trots att de sågs ganska ofta är det endast Ebba utöver de båda som känner till förhållandet. De hade talat om att flytta från orten, men det skulle fortfarande vara mycket svårt för Simon att få ett arbete. Dels var ju hans bakgrund ett hinder och dels hade Oscar talat om för honom att något betyg från honom skulle han inte få. Enligt Oscar gjorde han ingen nytta för den lön han fick så det var mer att betrakta som välgörenhet av honom att han lät Simon få en helinackordering på Stora Byrhult.

Kapitel 6

Det fina sommarvädret har varat i mer än en vecka, men nu verkar det som om det är på väg att ta slut. Man har varnat för åska i dag och trots att himlen var ljuvligt blå när Sara cyklade till jobbet i Länghem, så kunde man ändå ana att det vackra vädret kanske inte skulle vara så länge till, då luften redan nu vid åttatiden kändes kvav.

Det var ett bra arbete hon hade och hon trivdes på jobbet. Hon hade alltsedan sin barndom haft en ständigt pågående relation med gud fader. Även nu när hon hunnit fylla 25 hade hon varje kväll vid sängdags en sorts seans där hon på ett nästan jämlikt sätt diskuterade dagens trivialiteter, både stort och smått med sin herre.

* * *

Hon börjar dagen med att skriva ut ett antal inbjudningar till de församlingsmedlemmar som fyllt jämna år under året. Det ska arrangeras en gemensam middag för dessa om tre veckor. När klockan närmar sig tioslaget och hon just har satt på lite kaffe för den dagliga förmiddagsfikan, ringer telefonen.

– Välkommen till Länghems Missionsförsamling, det är Sara som talar.

– Hej Sara det här är din pappas kusin Per-Olof, säger rösten i luren. I går kväll blev jag uppringd av polisen, fortsätter han. De sa att de hade hittat din farbror Oscar i skogen, och att han är död.

– Är Oscar död? Är du riktigt säker på att det är honom de hittat? Jag pratade med honom för en vecka sedan och då var det minsann inga fel på honom. Han var precis som vanligt.

– Jag är hundraprocentigt säker. Faktum är att jag har varit med polisen på bårhuset i dag på morgonen för en officiell identifiering och trots att han legat länge i skogen var det ingen tvekan om att det verkligen var Oscar.

– Men hur har det gått till då. Har någon slagit ihjäl honom eller vad har han dött av?

– Det är lustigt att du trodde att han blivit ihjälslagen. Precis samma tanke var det första som dök upp i huvudet på mig också. Men så var det inte. Den preliminära rapporten säger att det sannolikt handlade om hjärtproblem, som till exempel en infarkt. Men han ska obduceras i dag så vi får väl så småningom reda på vad det verkligen var.

Sara är tvungen att ta en paus för att sätta sig och försöka ta in det Per-Olof säger och vad det innebär.

– Även om han var mycket elak mot både mina föräldrar och mig ska jag ändå be för hans själ, säger Sara.

– Ja det kan nog behövas, fnyser Per-Olof. Men du får nog hålla på länge om han ska lyckas smita in genom pärleporten.

– Det är inte upp till oss att döma. Jag ska be för honom i alla fall.

– Ja, gör du det. Men, en annan sak, så vitt jag vet är du och jag Oscars enda nu levande nära släktingar. Som kusin ärver jag inget efter honom men du som syskonbarn torde vara hans huvudarvinge. Jag har ingen aning om han har skrivit något testamente, men Oscar hade nog tänkt sig att han skulle ta med sina tillgångar till den andra sidan, så det är väl inte troligt tänker jag.

Sara blir sittande tyst en bra stund. Detta med att hon skulle kunna ärva Oscar är något som hon aldrig ens reflekterat över. Eftersom Oscar aldrig velat hjälpa hennes föräldrar när de hade det svårt med ekonomin har hon inte sett hans tillgångar som något som hon skulle kunna få ta del av. Och det finns säkert ett testamente. Därför finns det ingen anledning att börja fundera på det nu heller.

– Jag har aldrig pratat med Oscar om detta, men när pappa dog vet jag att han lovade mamma att hon aldrig skulle få ett öre från honom. Och det gällde nog mig också. Som du vet var vi inte särskilt goda vänner. Men som närmaste släktingar får vi väl se till att ordna en begravning av honom. Vet du om han hade några önskemål av något slag?

– Nej det har han aldrig pratat om. Han trodde nog att han var odödlig. Men jag håller med dig. Vi får väl bara vänta tills polisen ger klartecken. Om det inte finns något testamente så är du enda arvinge och det har ingen betydelse vad han eventuellt har sagt till din mamma eller om ni var ovänner, så du får nog försöka ställa dig in på att ärva ett imperium.

– Vad säger du, ett imperium? Så himla rik var han väl ändå inte?

– Jag har funderat lite och det är inte lätt för mig att värdera, men jag skulle tro att det handlar om minst en miljard

– Ja men det finns säkert ett testamente någonstans så det tänker jag inte fundera på.

– Ja det är väl kanske lika bra att inte ta ut något i förskott. Men vi får väl hålla kontakten framöver så får vi se vad som händer.

Medan deras samtal pågick hade mörka moln dragit in och skymde nu solen. Det hade blivit grått och mörkt så hon gick runt och tände några lampor. Åskan hördes också mullra långt borta.

Sara satte sig ner för sin något försenade förmiddagsfika. Medan hon mumsar på en kanelbulle tänker hon att det här ändå förändrar en del.

Nu behöver inte Simon och jag smyga med vårt förhållande längre. Det ska bli skönt att slippa det. Vad församlingen tycker om Simon bryr jag mig egentligen inte så mycket om. Det var mest ett skäl jag hittade på till Simon så han inte skulle få för sig att prata med Oscar om oss. Det skulle bara ha inneburit att Oscar fått ytterligare ett skäl att trakassera honom.

Till sig själv sa hon: Jag vet att jag inte får tänka så här, men det är som en sten fallit från mitt hjärta nu när Oscar är borta. Jag är bara glad att han är död.

I samma ögonblick skakades rummet av en skarp åskknall. Åskan var redan mycket nära. Men för Sara var detta ett tecken från Gud som påpekade för henne det ogudaktiga i sådana tankar. Hon knäpper genast sina händer och ber om förlåtelse för sitt ogudaktiga tänkande och alla andra synder.

Kapitel 7

Millenniumskifte, ordet låter nästan magiskt. Inte alla får uppleva ett sådant. Om man 1999 ska tro allt som finns skrivet i tidningar och böcker och andra nyhetsmedier så kommer all teknik att sluta fungera på detta datum. Grunden för vår tideräkning är ju Jesu Kristi födelse. Så många som missar detta magiska är den majoritet av cirka två tredjedelar av jordens befolkning som ägnar sig åt andra religioner och fullständigt struntar i att vår Jesus fyller 2000 år.

För den tredjedel som hör till den lyckliga skaran och som dessutom hör till den industriellt mest utvecklade delen så kommer det att läggas miljarders miljarder kronor på arbete med att undvika skadeverkningar av millennieskiftet.

Till synes vettiga människor står i TV och säger att man ska undvika att åka hiss, ligga på sjukhus, flyga eller på något sätt vara beroende av tekniska prylar när klockan slår tolv på nyårsnatten.

Informationsteknologiindustrin som den gamla dataindustrin nyss bytt namn till är en av dem som tjänar allra mest på detta.

Det enda egentliga tekniska hot som existerade i samband med skiftet, var de dåligt skrivna dataprogram som endast använde sig av de två sista siffrorna i årtal och som därför fick spader när 00 helt plötsligt egentligen var högre än 99.
En som tidigt hade upptäckt denna skräck för millennieskiftet och vad det skulle innebära för alla som på något sätt var beroende av IT var Tony Persson. Han hade arbetat på SKF i Göteborg som programmerare när han fick snilleblixten att starta ett IT-företag, specialiserat på att förhindra skadliga

inverkningar av skiftet. Tony hade social kompetens, en lättflytande svada och ganska stiligt pojkaktigt utseende, vilket sammantaget gjorde det lätt för honom att sälja in sitt bolags tjänster.

Vid starten hade han tänkt sig att han och hans kompis Roland Petterson skulle kunna få några enkla uppdrag från företag eller institutioner som kanske villa skaffa sig en försäkring och ha någon att skylla på om det nu blev några skadeverkningar.

Han var förvånad men lycklig när hans byrå ett år efter starten hade femton anställda "experter". Hans personal var anlitad som konsulter hos de mest skiftande inrättningar som experter i allehanda magnifika millenieprojekt. 1996 gjorde hans byrå en nettovinst på tre miljoner kronor. 1997 var vinsten tio miljoner och 1999 som var det bästa året var vinsten tjugotre miljoner. I mars 2000 sålde han sin byrå till en storfräsare i branschen för femtio miljoner kronor.

Tony som just fyllt tjugosju år hade därmed tillgångar på många miljoner kronor. Att det inte var mer, berodde på att han dumt nog låtit sin kompis Roland bli delägare i byrån till trettiotre procent. När Tony tänkte tillbaka på sin bana som konsultbyråägare var det detta som retade honom mer än glädjen över att han själv tjänat dubbelt så mycket.

Nu är Tony fyrtiosju år och den pojkaktiga charmen har ersatts med femton centimeter mer runt midjan. Detta har gett honom lite mer pondus, vilket ibland är till nytta i affärsvärlden. Han är nyligen skild från den hustru som troget servat honom under alla år och dessutom medverkat till att han blivit far till deras två flickor som i dag är sjutton respektive nitton år gamla.

Han har träffat en ny kärlek, som bara råkar vara arton år yngre än han själv. Hon tjatar dagligen om att de snarast måste gifta sig, men med erfarenhet av vad han fått lämna ifrån sig till den gamla hustrun i samband med skilsmässan så har han än så länge lyckats slingra sig undan ett nytt giftermål.

Alltsedan den lyckade millennieperioden har han ägnat sig åt riskkapitalförvaltning. Kapitalet han förvaltar är hans egna samlade tillgångar från konsulttiden. Under de senaste tjugo åren har hans förvaltning räckt till hans relativt höga levnadskostnader och han hade gjort några mycket lyckade affärer som gjort att kapitalet ökat i en behaglig takt. Dock har skilsmässan grävt ett retligt stort hål. Han har en skarp näsa för goda affärer, men något som ofta ligger honom i fatet är att han var en utpräglad egoist och har förtvivlat svårt att ge sig in i och acceptera en affär som även hans motpart tjänar på.

Nyligen blev han delaktig i ett udda projekt. Om allt går som planerat kommer det att resultera i en utdelning som gör honom och hans döttrar ekonomiskt oberoende för resten av livet.

Han har genom åren gjort några affärer med Oscar Lonfeldt som bestått i att de både sålt och köpt saker av varandra. De har också gjort gemensamma investeringar och ägt saker gemensamt.
På senare tid har samarbetet gått ordentligt i stå och de båda är numera riktigt rejäla ovänner.

Kapitel 8

Irma och Lennart har för ungefär ett år sedan skaffat sig en lägenhet högst uppe på Liljeberget. Tidigare hade de var sin lägenhet lite längre ner på Norrmalm, som de båda tycker är den absolut finaste stadsdelen i Borås.

Lennart kan fortfarande förvånas över att de flyttade ihop. De hade varit goda vänner i många år och Irma hade flera gånger föreslagit att de skulle bilda ett gemensamt hem, om inte annat av ekonomiska skäl och för att man på äldre dagar kunde behöva någon att dela vardagen med. De var båda två nyss fyllda sextionio och förväntade sig att hänga med ett bra tag till. Han hade inte alls varit inne på den linjen att de skulle flytta ihop och det hade han också gjort mycket klart för Irma.

Lennart hade pensionerat sig från polisen för åtta år sedan. Han hade slutat i förtid för att ta hand om sin dåvarande hustru som blivit sjuk. Men hon hade inte levt mer än ett år efter hans pensionering. De hade för trettio år sedan tillsammans köpt och bott i ett hus på nedre Norrmalm, men efter hustruns död hade han känt att det var så många ledsamma minnen att han beslutade mig för att sälja huset och flytta. Han hade fått tag på en lägenhet på Döbelnsgatan och blev granne med Irma.

Och hur det nu gått till så har de på hans förslag skaffat lägenheten på Liljeberget.

Han hade insett att hans alkoholkonsumtion ökat efter hustruns död blivit alt större år för år. Inte så att det på något sätt påverkade hans sociala liv, men han hade känt en oro för att det till slut skulle kunna bli så. Han kände att han inte riktigt hade lust att leva ensam och dessutom passade det honom bra, när någon i vardagen påpekade det onödiga att ta en drink i dag också.

Irma hade blivit överlycklig när han föreslog att de skulle flytta ihop och hade aldrig uppfattat att hon skulle få en roll som spritpolis. Det är inte säkert att Lennart heller riktigt trodde på detta sitt hemliga skäl.

Det är mycket goda allmänna kommunikationsmedel mellan Norrmalm och centrala Borås men han hade ändå för vana att inte nyttja dessa så mycket, utan i stället passa på tillfället att få lite välbehövlig motion. Så han brukade promenera, när han hade ärenden i de centrala delarna av staden.

I dag hade han tänkt lyckliggöra sin gamla arbetsplats med ett besök. Där hade han tänkt prata lite med Sture Magnusson om vad som kommit fram om liket som han hittade i skogen.

Efter tjugo minuters rask promenad nedför Döbelnsgatan var han framme vid sitt mål. Polishuset i Borås, byggt på sextiotalet i samband med att polisen hade blivit förstatligad. En sex våningar hög fyrkantig klump i betong, som gav ett intryck av att vara helgjutet. Men det fanns en insida och i denna gick han nu in.

Trots att det bara var åtta år sedan han slutade, så var det väldigt många för honom okända ansikten. Personalomsättningen måtte ha ökat sedan jag försvann, tänkte han. En som han visste hade slutat, var hans egen son Evert, som liksom honom också hade varit kommissarie men sedan ett år avflyttad till Stockholm dit han blivit lockad med en tjänst med intressantare arbetsuppgifter.

Sture Magnusson har sitt rum på fjärde våningen och han tar emot med ett litet leende i mungipan.

– Jag tänkte väl det, säger han. Dina gamla polisinstinkter sitter väl kvar. Nu vill du naturligtvis veta vem, hur och varför, när det gäller ditt skogsfynd.

– Du har nog genomskådat mig, sa han lite generat. Det händer ju inte så mycket för en gammal pensionär så jag ska inte förneka att jag är lite nyfiken, säger Lennart.

– Namnet på liket är Oscar Lonfeldt, vilket kanske låter bekant.

– Jag känner igen namnet, men det var ingen som jag personligen kände. Det har ju stått en del om honom i tidningen emellanåt. Han var inte heller sig riktigt lik när jag hittade honom om vitsen ursäktas.

– Ja, han är ju något av en kändis här i stan. Rik som ett troll och inte med det bästa rykte vad gäller affärer. Den preliminära rapporten säger att han sannolikt dog av en hjärtattack. Han var väl ute på en promenad precis som du när han drabbades. Han äger eller rättare sagt ägde skogen som han vandrade i. Han har också en stor herrgård bara några kilometer från där han hittades. Men han hade inte gått därifrån, han hade sin bil parkerad på en skogsväg i närheten. Rättsläkaren har tagit de vanliga proverna och skickat dem för analys. Han skulle ringa om det var något ovanligt och det har han inte gjort.

– Ja men det låter väl bra, säger Lennart. Då behöver jag ju inte gå och gräma mig för att jag inte jobbar längre. Jag kan inte förneka att jag förr tyckte att mordutredningar var spännande

De pratade vidare en god stund. Mest handlade det om gamla kollegor och vad de gjorde i dag. Det visade sig att gott och väl hälften hade lämnat polishuset i Borås sedan Lennart slutade. En del för pension, en del för andra uppdrag och någon hade avlidit. När Lennart tackade för pratstunden och skulle resa sig för att gå ringde telefonen på Stures bord.

Samtalet var kort och Stures del i konversationen var endast lite hummande och till slut tackade han och la på.

– Det var rättsläkaren, sa Sture. Han hade fått svar på proverna som han skickat in och det visade sig att i maginnehållet fanns rester kvar som visade sig vara blad från en blomma som heter Digitalis eller som vi kallar Fingerborgsblomma. Den är mycket giftig och nu är dödsorsaken inte hjärtinfarkt längre utan förgiftning. Så du får nog börja gräma dig igen. För nu kommer det att bli en utredning där vi i första hand misstänker mord eller i andra hand olyckshändelse eller självmord.

Kapitel 9

AB Cege var ett litet men snabbt växande bolag vars affärsidé var att hyra ut entreprenadmaskiner så som grävmaskiner, lastmaskiner, dumpers och liknande.

Från början hade de två kompisarna Calle Eriksson och Gustav Elander, som båda var mekaniker, börjat med att köpa trasiga maskiner. Laga dem och sälja dem vidare.

Efter ett tag hade man utvidgat genom att även hyra ut sina maskiner. Affärerna hade gått bra, men de hade saknat kapital för att utvidga sin rörelse i den takt som skulle ha varit möjligt om kapitalet funnits.

Tony Persson hade kommit i kontakt med Calle som berättat om sina problem vilket slutat i att Tony satsade fem miljoner i rörelsen mot en andel av trettiotre procent av bolaget.

Efter två år behövdes det ytterligare fem miljoner för att få verklig fart på affärerna och Tony hade inte velat satsa dem så han hade tipsat Oscar Lonfeldt om affären och denna hade accepterat. Ägarförhållandet blev nu att de fyra delägarna ägde tjugofem procent vardera.

Efter ett sent möte i Rotary hade Oscar och Tony blivit sittande för att diskutera framtiden för AB Cege. Som återigen var i behov av större kapital. Verksamheten hade gått bra med god lönsamhet men för att fortsätta att växa var mera kapital en förutsättning. Bankerna var inte pigga på att låna ut mer än de redan gjort så det var upp till Oscar och Tony om de skulle satsa mer. Tony var tveksam men Oscar var klart för en större satsning.

Sent på natten kom de överens om att Oscar skulle lösa ut Tony och betala åtta miljoner för hans andel. Oscar ägde nu halva bolaget. I förhandlingar med Calle och Gustav krävde Oscar att han skulle få ytterligare tio procent av aktierna på så sätt att Calle och Gustav skulle släppa till fem procent vardera. Detta skulle innebära att Oscar blev majoritetsägare och i princip kunde göra vad som helst med bolaget. Efter många hårda ord kom man till slut överens om detta.

Oscars attityd mot sina kompanjoner ändrades strax efter att affären var klar. Det var inte längre aktuellt med att vinna nya marknadsandelar och utvidga verksamheten, Bolaget hade maskiner och andra investeringar som var bokförda till nästan etthundra miljoner.

Vid en extra bolagsstämma avskedades VD Calle Eriksson och vice VD Gustav Elander. En ny VD installerades och på order från Oscar började denne nu att sälja av bolagets tillgångar. Maskinerna såldes mestadels utomlands. Nu inträffade något som fick Oscar att sätta i halsen. När företaget begärde utförseltillstånd på ett antal grävmaskiner visade det sig att dessa inte var ägda av bolaget utan inleasade från ett annat bolag. Efter en noggrann genomgång av räkenskaperna kunde Oscar konstatera att ett stort antal maskiner sålts under det senaste året. Försäljningssumman var ungefär det samma som de var värderade till i bokföringen. Men det verkliga värdet på marknaden var gott och väl det tredubbla. Priserna för maskinerna var låga men inte så låga att det var uppenbart bedrägligt. Det bolag som köpt maskinerna hette AB Gece och kan man tänka sig, bolagets ägare med trettiotre procent vardera var Tony Persson, Calle Eriksson och Gustav Elander.

Slakten av bolaget fortsatte och till slut visade det sig att det för Oscars del gått med en bra vinst. Han hade inte förlorat något, men heller inte vunnit så mycket som han väntat.

Framförallt Tony hade därmed skaffat sig en mycket farlig fiende. Oscar var inte den som glömde en oförrätt i första taget.

Kapitel 10

Terese Hillman är 25 år. Hon bor ensam i sin lilla tvårummare på Hässleholmen som hon flyttat in i för tre år sedan då hon fått en fast anställning i receptionen på ett av stadens många logistikföretag. Hennes arbete består mest i att visa vilsna leverantörer och godsavhämtare till rätta med var de ska lämna av eller hämta sitt gods.

Hon flyttade ifrån ett ganska stökigt hem, som hon delat med sin snart 60-åriga mor. Modern var arbetslös sedan något år tillbaka och med alltmer ökande alkoholproblem.

Terese är snygg och prydlig och hon har ett oskuldsfullt utseende som lurar många av dem hon möter. Under ytan bor en tuff brud som mer än väl kan ta hand om sig själv. Ett problem hon ännu inte kunnat åtgärda är sin ekonomiska status. Det liv hon lever är inte det hon egentligen vill leva och detta beror endast på den ekonomiska realitet hon lever under. Med mammas öde i backspegeln ser hon med fasa framför sig ett liv i knappa omständigheter. På något sätt måste en förändring till.

Att få obegränsad tillgång till pengar har blivit en central del i hennes tankevärld. Något som hon tänker på varenda dag. Rent praktiskt hade det inte resulterat i något mer än att hon spelade på lotto. Några andra sätt att bli rik på hade hon ännu inte kunnat tänka ut. Kanske med undantag från att hon vid varje möjligt tillfälle letade efter någon ogift miljonär. Helst en ung snygg, men någon sådan hade ännu inte dykt upp.

Sedan hon flyttade hemifrån så räcker hennes inkomster bara till mat och hyra och sin lilla skruttiga Renault Clio.

Hon hade en pojkvän som hon träffade då och då utan att det egentligen var så allvarligt. Han hette Sandor och han hade en mörkblå BMW med en massa hästkrafter och av senare årgång. Precis en sådan som Terese också ville ha.

Just i dag var hon något mindre prydlig än hon brukade vara för det hade blivit sent i går kväll, eller rättare sagt i natt, när hon varit ute med sina tjejkompisar på krogen. Det var ett ganska ovanligt nöje eftersom ekonomin egentligen inte räckte till sådant.

Men hon hade träffat en kille på krogen som varit väldigt frikostig och bjudit på både det ena och det andra. "Kille" var kanske inte riktigt rätt uttryck för han var över fyrtio, men mycket charmig och världsvan. Han var från Stockholm, hade han sagt och var bara i stan för affärer. Han hade följt med henne hem, men när hon vaknade i morse var han borta.

Nattens äventyr hade lämnat spår i form av en enveten huvudvärk. Så när Terese hade vaknat klockan nio hade hon ringt till arbetet och sagt att hon inte kunnat komma på grund av en förskräcklig migrän. Hennes chef hade låtit väldigt tveksam när hon pratade med honom, men hade till slut sagt att hon fick krya på sig och att hon förväntades vara på arbetet morgonen därpå.

Terese satt nu med tidningen framför sig och efter ett par Alvedon och en kopp kaffe lättade de värsta dimmorna något. Hon började bläddra lite i dagens tidning utan större engagemang.

Hon hade för vana att läsa tidningen med start från sista sidan och bläddra sig framåt, vilket hon gjorde nu också. Och så stod det där som fick Terese att vakna till ordentligt, en nyhetsnotis där det berättades om att den kände affärsmannen Oscar Lonfeldt hittats död i skogen. En kort sammanställning över Lonfeldts affärsverksamhet beskrevs också där och han kallades "multimiljonär".

Men det var ju han som mamma alltid hade sagt var hennes pappa. Mamma hade många gånger talat om honom och det svek som han gjort sig skyldig till när han förnekat att han skulle vara hennes far. Mamma var säker på att det var han och hade utan framgång försökt få honom att ta ansvar för Terese och bidra till hennes försörjning.

Nu är min pappa död tänkte hon och jag som aldrig ens har talat med honom. Nu är det för sent. Hon försökte känna efter om hon kände någon sorg eller saknad, men det fanns inget sådant i hennes inre.

Terese hade inte tänkt så mycket på det mamma pratat om Oscar Lonfeldt. Hon var ganska less på att höra sin mamma hålla på och älta om hur hon hade blivit utnyttjad och lurad av Oscar. Med åren hade historierna blivit allt mer utbroderade och fantasifulla. När modern kom in på detta samtalsämne hade Terese oftast slutat lyssna.

Så att han var en sådan storfräsare med en jätteförmögenhet, det hade Terese inte riktigt uppfattat. Den enda minnesbild hon hade av Oscar var när mamma och hon stod på Sjöbo och väntade på bussen ner till stan. Det hade kommit en svart bil med en chaufför i framsätet och med en kraftig karl som man kunde skymta i baksätet.

– Det där är Oscar Lonfeldt, hade mamma sagt. Det är han som är din far fast han aldrig har erkänt det.

Terese hade tyckt att han såg elak och farlig ut, men det berodde nog mest på allt som mamma pratat om honom.

Jag måste ringa till mamma, tänkte hon, men det är nog för tidigt på dagen. Modern hade sena vanor och det var oftast ingen idé att försöka prata med henne förrän efter middagstid, då hon fått några återställare.

Istället gick hon och satte sig i sin soffa för att fundera på den idé som just slagit rot där. Kunde det vara så att hon var arvsberättigad till något av Lonfeldts förmögenhet? Hon var mycket osäker på lagreglerna beträffande arvsrätt. Det hade ju aldrig blivit bekräftat att han verkligen var hennes far. Med DNA-teknik kunde man nog bevisa att det skulle vara så, men hon hade ingen aning om hur hon skulle gå tillväga.

Baksmällan förträngde hon när idén om ett stort arv började bita sig fast i hennes huvud. Jag ringer till hans kontor, tänkte hon. Det kan ju inte skada att prata med någon där och bara tala om att jag finns till.

Det blev ett kort samtal. Den hon pratade med var inte intresserad utan sa bara att det hade han inget att göra med. Till slut hade han gett henne rådet att ta kontakt med en advokat som kunde föra hennes talan.

Sedan hade hon också ringt till mamma och det blev ett lite längre samtal. Modern hade först tyckt att det var rätt åt den elakingen att han fått sluta sina dagar ensam i skogen. Men när Terese började tala om ett möjligt arv blev hon eld och lågor och tyckte att Terese genast skulle skaffa sig en advokat.

Kapitel 11

Per-Olofs arbetsplats var vanligen ganska lugn när inte Oscar var närvarande, men i dag var ett undantag. Detta var dagen efter att det stått i tidningen om Oscars frånfälle. Det hade ringt i telefon i stort sett hela förmiddagen. Så fort han lagt på luren hade det ringt igen. Både han och Eva-Lotta satt med telefon i hand mest hela tiden. De flesta ville helst prata med Per-Olof.

Det var de mest växlande ärenden de som ringt hade haft. Från sådana som hade affärer ihop med Oscar till sådana som närmast kan betecknas som hans offer och på ett eller annat sätt var beroende av honom. Många som var skyldiga Oscar pengar undrade vad som hände med fordringarna nu. Efter ett par samtal hade Per-Olof ringt ett eget. Det var till advokat Göransson. De hade kommit överens om att Per-Olof skulle hänvisa alla samtal som hade att göra med ekonomiska transaktioner till Göransson.

Efter det hade Per-Olof hållit samtalen korta. Det enda som han verkligen lade på minnet var ett från en ung flicka som hävdade att Oscar var hennes biologiske far. Det är precis vad man kan vänta sig av Oscar tänkte Per-Olof. Att han skulle ha okända barn på bygden. Dessa skulle ju i så fall bli huvudarvingar och Sara kunde bli helt arvlös. Sara hade lovat honom en generös behandling såsom varande kusin till Oscar om det skulle bli så att det var hon som var ende arvinge. Något som hon fortfarande var mycket tveksam till, hon trodde fortfarande att det skulle dyka upp ett testamente. Därför stod Per-Olofs hopp till Sara och han var beredd att göra en hel del för att det verkligen blev hon som ärvde.
Hillman hade flickan sagt att hon hette. Per-Olof hade ett gott minne för namn och namnet Hillman hade tänt en gnista i Per-Olofs huvud utan att han direkt kunde säga vad det var. När

flickan lagt på letade han i sitt register över hyresgäster och mycket riktigt fanns där en Hillman. Hon hette dock inte Terese utan Eivor. Kan möjligen vara någon släkting tänkte Per-Olof.

I hyresgästregistret fanns antecknat att det inkommit ett flertal klagomål på Eivor från hennes grannar. De hade ondgjort sig över att hon inte skötte sin del av trappstädningen så som avtalat och att hon även i övrigt var stökig och ofta berusad. Hyran hade hon alltid betalat i god tid så anmärkningarna hade inte orsakat några åtgärder.

Per-Olof letar vidare på Hitta.se och Eniro och kan konstatera att Terese Hillman bodde på en helt annan adress i staden, men inte i något av mina hus tänker Per-Olof. Trots att det inte har gått mer än en kort tid sedan han fått dödsbudet så har Per-Olof redan börjat tänka på fastigheterna som mina och hyresgästerna har helt plötsligt blivit hans hyresgäster.

– Länghems missionsförsamling, svarade Sara redan på andra signalen.

– Hej, det är Per-Olof. Jag har pratat i telefon mest hela dagen med en massa tokiga människor som ringer nu sedan det stått i tidningen att Oscar är död. Du anar inte hur många konstiga affärer jag har fått höra om.

– Vad har det varit för något då? frågade Sara oroligt.

– Jag ska inte trötta dig med det nu. Det är något vi får försöka hantera längre fram. Jag har pratat med advokat Göransson och kommit överens med honom att jag ska hänvisa alla Oscars affärsbekanta till honom när de ringer, så tar han hand om det tills vidare. Vi pratade också om testamente, men det verkar inte som om det finns något. Däremot har det ringt en ung flicka som hävdar att Oscar är hennes biologiske far och om det skulle vara sant innebär det att hon ärver rubbet. Jag har aldrig hört talas om henne förut, inte ens något skvaller bland släkten. Har du hört något?

– Det har jag aldrig gjort. Skulle väl inte vara så konstigt ändå. Jag kan mycket väl tänka mig att Oscar skulle smita från sitt ansvar om det vore så.

– Om modern varit säker på att Oscar är fadern så hade hon väl drivit ett faderskapsmål när det begav sig? Att hon inte gjort det eller misslyckats med det tyder väl på att hon inte var alltför säker.

– Jag sa till henne att hon skulle gå till en advokat, så vi får väl se vad som händer.

– Ja det är ju inte mycket vi kan göra åt saken. Kanske är det lika bra att jag inte ärver. Jag har ju inte en aning om hur Oscars verksamhet ser ut.

Per-Olof berättar om hur koncernen är uppbyggd och om olika företags samverkan. Han berättar också en del om olika personer som är anställda i verksamheten. Det är många som får sin försörjning där. Sedan fortsätter han:

– Göransson har gått igenom bankfacket och han sade att det fanns mycket intressanta saker där, men inget testamente. Så du får nog vänja dig vid tanken att det är du som ärver om nu inte den där flickan som ringde verkligen har rätt.

– Det är nästan så jag önskar att hon har rätt. Jag är rädd för vad som skulle hända med mig om jag ärver en förfärlig massa miljoner.

– Miljoner eller kanske till och med miljard säger Per-Olof. Men du behöver inte oroa dig. Jag tror att du väldigt snart kommer att finna dig tillrätta som mångmiljonär. Att bli rik är inte så svårt. Att bli fattig är mycket svårare.

– Jag vet inte om jag blir något vidare tröstad av det du säger, sa Sara med ett leende. Men jag får väl göra ett försök.

– Det är mycket arbete och ansvar med att hantera en sådan koncern som den Oscar lämnar efter sig, fortsätter Per-Olof. Många är beroende av att den finns till, både anställda, hyresgäster, kunder och leverantörer.

– Det där blev jag ju absolut inte tröstad av, men det var väl inte meningen heller. Men för att återgå till min eventuella kusin, vi kanske ska försöka göra en överenskommelse med flickan.

– Det är nog ingen dum ide. Undrar bara hur säker hon är. Det var kanske dumt att jag inte pratade med henne lite mer.

– Prata med Göransson istället och hör vad han råder dig till, avslutade Sara.

Kapitel 12

Några månader tidigare har Tony sagt till Anita att han skulle jobba sent, så det var inte lönt för henne att vänta på honom. Han har jobbat på flitigt men klockan hinner ändå bli nio på kvällen innan han är klar. Lunchen hade bara varit en hämtpizza så han promenerar över till Grand för en bättre middag då han är ordentligt hungrig.

Trots att det är i februari är det sju grader varmt och ett stilla duggregn strilar ner.

En timma senare är han mätt och belåten. Han tittar sig omkring i hopp att se några bekanta.

Det sitter några där som han vagt känner igen, men inte av de där tunga namnen som han helst skulle vilja umgås med. Medan han tvekar på vad han skall göra, kommer en man fram till honom och säger:

– Tjänare Tony, det var länge sedan jag såg dig.

Mannen är ungefär i Tonys ålder, muskulös, lång, och mörk med en blåsvart skäggstubb. Tony känner direkt igen honom från när de gick på Teknis tillsammans. Efter en stunds letande i minnet hittar han förnamnet och säger han.

– Kul att se dig Roland, hur har livet varit för dig då. Vi har väl inte setts på tjugofem år?

– Det är ett tag sedan. Får jag sätta mig ner?

Utan att vänta på svar drar han ut en stol på andra sidan bordet och sätter sig.

Tony hade just tänkt säga att han var på väg att gå, för hans minne av Roland var att han hade ett väldigt häftigt temperament och hade ett rykte om sig att vara kriminell. Bland annat var han känd för att ha sålt hasch på skolan.

– Jag har läst lite om dig så jag vet att det har gått ganska bra för dig. Bland annat har jag läst att du ägnar dig åt affärer där du inte är främmande för att satsa lite kapital, sade Roland.

– Det stämmer. Jag hade ett IT-företag från början men när jag sålde det fick jag en del kapital som jag försöker sköta om så bra jag kan.

– Vad är det för typ av företag du satsar på då?

– Lite av varje, företag som jag tror har potential att växa och bli stora och lönsamma.

– Det låter ju enkelt, men det tar väl oftast lång tid innan det ger resultat, sa Roland..

– Man måste ha tålamod.

– Om jag säger så här: Jag har kännedom om ett projekt som efter ett till två år ger tillbaka allt du satsat, samt minst dubbla summan i vinst.

– Det låter för bra för att vara sant. Vilka summor är det du talar om?

– Affären har redan en del kapital klart men det som behövs är i storleksordningen 40 miljoner kronor till.

– Och du menar att om senast två år har jag 120 miljoner tillbaka? Undrar Tony.

– Ja det stämmer.

– Vad är haken då? Hur stor är risken att min insats försvinner?

Här blir de avbrutna av att en yngre man oombedd tar en stol och sätter sig vid deras bord. Han avbryter deras samtal med att högljutt starta ett resonemang med Roland om något som verkar vara en konflikt med någon gemensam ovän. Roland blir svart i ansiktet och griper ynglingen i nacken och viskar något i örat på honom: Tony kan inte uppfatta vad han viskar med det gör uppenbarligen den unge mannen för han bleknar tydligt och försvinner snabbt. Sedan fortsätter Roland deras avbrutna resonemang med:

– Vi har kört ett tiotal sådana här projekt förut och alla har gått bra. Dock har det då inte vart så stora belopp. Det har varit svårt att hitta någon villig riskkapitalist. Men tio av tio har lyckats och det kommer att vara exakt samma upplägg nu.

Tony funderar en stund. Sedan kallar han på servitrisen och beställer varsin whiskey åt dem. När de beställda dryckerna levererats säger han:

– Jag är inte dummare än att jag begriper att det du föreslår inte är lagligt, men vad handlar det om?

– Kokain.

– Tänkte väl att det var något sådant, säger Tony. Jag säger inte att jag är intresserad, inte ännu i alla fall. Jag måste veta lite mer. Vad händer när varorna kommer till Sverige, jag antar att inte du ställer dig på gatan och börjar sälja. Så hur går det till?

– Det är lika bra att du inte vet så mycket om det, men jag har ett väl utbyggt nätverk som säljer vidare. Jag har ingen direktkontakt med någon på gatan, så att någon ska kunna spåra mig är mycket osannolikt. Vi kommunicerar på ett mycket säkert sätt.

– Hur skulle min satsning gå till då? Hur ska jag kunna föra över 40 miljoner till dig?

– Så här har jag tänkt. Jag har mycket goda kontakter i Marocko. Ditt bolag köper ett större styck mark där för 40 miljoner. Det är bara värt några hundra tusen för det ligger i ett vad man kan kalla ganska torrt område i södra Marocko. Men du kan alltid säga att du fått information om att det kommer at byggas mycket där inom kort. I köpet ingår ett parti på 500 kilo kokain, men det kommer inte att stå i några avtal. När godset levererats till Sverige och affärerna rullar igång så kommer ett marockanskt bolag att köpa ett antal tomter från ditt större stycke för låt oss säga åtta miljoner varje månad. Efter femton månader har du fått tillbaka dina pengar och din vinst.

– Varför ska jag lita på dig? När jag köpt den värdelösa marken kan ju du glömma bort att någon ska köpa tomter av mig. Vad ska jag göra då? Jag kan ju knappast stämma dig.

– Du kanske inte tror det, men jag står alltid för mitt ord. Men för att du ska kunna lita på mig ska jag deponera information hos dig, som om du nyttjar den innebär det att jag hamnar i fängelse på livstid. Men jag varnar dig. Om du använder den informationen utan att jag lurat dig så kommer du inte att bli så mycket äldre.

Tony lutar sig tillbaka i stolen. Tankarna går fram och tillbaka i huvudet på honom så man kan nästan höra hur det rasslar. Bara tanken att smuggla kokain får det att vända sig i magen på honom och hjärtat att slå snabbare. Men en vinst på 80 miljoner är som en oemotståndlig magnet.

– Jag får fundera på det här ett tag. Det låter frestande, men det är ett stort steg för mig så jag är mycket tveksam.

– Vi gör så här. Du funderar på det och så träffas vi här samma tid och plats om precis en vecka, avslutar Roland.

Kapitel 13

Kommissarie Sture Magnusson har samlat en skara kollegor till möte i sitt rum.

– Det har visat sig att liket som vår gamle kollega Lennart Brorsson hittade i skogen inte hade dött av någon sjukdom. I hans mage hade man hittat spår efter en giftig växt och det är med nästan hundraprocentig säkerhet det som är dödsorsaken. Därav följer att vi kommer att utreda detta som ett mord till dess att utredningen visar på något annat.

Ett högljutt skrattanfall i korridoren utanför får alla att tappa fokus, så Sture går och stänger dörren innan han fortsätter.

– Som ni alla vet så är det liket efter den välkände affärsmannan Oscar Lonfeldt som hittades. Han låg på en stig i en skog utanför Länghem. Kroppen hade legat där ungefär sex till sju dagar. Lonfeldts bil fanns parkerad på en skogsväg som endast används för timmertransporter ungefär en kilometer från platsen där han hittades. Platsen i skogen har undersökts så gott det går och det har inte gett något mer än att det verkar som om Lonfeldt gått dit själv. Han har väl varit ute på en skogspromenad och så har han blivit illamående och till slut dött av det gift han fått i sig. Den skog han låg i var han själv ägare till.

– Lonfeldt var ju affärsman med ganska dåligt rykte. Han var med andra ord känd för att använda tvivelaktiga metoder som naturligtvis har drabbat en massa människor. Så listan på folk som kan tänkas önska livet ur honom är nog lång.

Att inte ha någon misstänkt i ett fall är illa men alltför många är nästan värre, tänker Olle Strand. Olle är på väg att gå i pension om ett par månader så han anar att detta kanske är det sista fall han kommer att jobba med.

– Vi får börja med att försöka skapa en bild över vad Lonfeldt haft för sig dagarna före mordet och var han kan tänkas ha fått i sig giftet. Vi tar kontakt med alla som vi vet har något med Lonfeldt att göra och hör med dem när de senast träffade Lonfeldt eller har kännedom om var han har varit. Jag har här en lista på namn på sådana som vi redan vet känner Lonfeldt så vi delar upp namnen mellan er och så börjar vi med att förhöra dem upplysningsvis. Försök också pressa dem på namn på ytterligare personer som de vet känner Lonfeldt. Har vi tur så finns mördaren på vår lista och kan hoppas på att han eller hon försäger sig på något vis. Så pressa dem så mycket ni kan. Själv ska jag ta mig ut till Stora Byrhult för att prata med personalen där. Där arbetar en kille med stökigt förflutet som jag ska kolla lite extra noga. Några frågor på det här?

Men det fanns ingen som hade något vettigt att tillägga så de trettio namnen på listan fördelades mellan de fem deltagarna i mötet. När de andra kollegorna lämnade rummet dröjer sig Yngve Bergholt kvar och bläddrar lite i sina noteringar.

– Vad säger du Yngve undrar Sture. Själv har jag onda aningar. Hur ska vi kunna få reda på var offret har fått i sig det här giftet. Vad säger att han inte stoppat i sig bladen själv, av misstag eller kanske testade han något nytt naturläkemedel.

– Jag håller med dig, sådana där kruskaätare är nästan värre än religiösa stollar. Naturläkemedel kan bota allt från magknip till hög ålder. Jag läste en gång om en kille som hade fått för sig att arsenik i små doser skulle ge evigt liv. Så han stoppade i sig lite grand varje morgon. Meningen var att dosen skulle höjas efter hand för att till slut göra honom odödlig. Tror du det fungerade?

– Nä, sa Sture.

– Rätt gissat. Han dog i svåra plågor. Det kan vara likadant med den här. Vem skulle kunna få i honom de här bladen om han inte själv ville.

– Du har en poäng där, det är nog inte osannolikt att vi får skriva av det här som en olyckshändelse så småningom. Men säg inte det till någon annan. Vi ska göra ett professionellt jobb, där vi kollat upp alla möjligheter, innan det blir så.

Kapitel 14

Den förste att bli förhörd är Oscar Lonfeldts närmaste man, kamreren med mera Per-Olof Svensson. Sture Magnusson och han träffas efter överenskommelse på Per-Olofs kontor. Sture öppnar med att berätta att det nu är fråga om en mordutredning.

– Som du kanske förstår kan jag inte säga mer än att det vid obduktionen framkommit information som gör att vi nu utreder detta som ett mord, eller självmord, eller kanske rent av en olyckshändelse. säger Sture.

– Det var alltså inte en hjärtinfarkt som ni trodde från början.

– Nej.

– Jag kan inte säga att jag är förvånad. När du ringde mig första gången var min första tanke att någon hade haft ihjäl honom. Oscar hade väldigt många ovänner. Jag kan tänka mig minst tio olika personer som med glädje tagit livet av honom om de bara haft möjligheten eller modet. Säger Per-Olof.

– Mycket intressant. Jag skulle gärna vilja ha en förteckning över de tio du pratar om och även vad du vet om deras motiv att göra det du säger.

– Jag ska gärna ge dig en sådan lista, men du får ge mig lite tid att tänka efter. Jag är lite kaffesugen och jag har ett par mazariner stående i kylskåpet. Vill du ha en kopp?

Det ville Sture gärna så det blir en liten paus medan Per-Olof fixar kaffe och bröd. När det är klart och serverat fortsätter Sture:

– När träffade du Oscar för sista gången?

– Det var för exakt två veckor sedan. Vi brukade träffas så gott som dagligen, så jag var lite förvånad att han inte hörde av sig. Det hände dock då och då att han stack iväg till London utan att säga något, så jag tänkte att han var där.

– Kan du minnas om det var något särskilt utöver det vanliga som han sa. Till exempel att han hade utsatts för något hot. Eller något han var rädd för.

– Oscar utsattes säkert ofta för hot men det var definitivt inget som skrämde honom. Sådant tyckte han bara var roligt. Men han nämnde inget sådant. Vi diskuterade mest de nya hyrorna som skulle skickas ut, sa Per-Olof

– Minst tio personer med goda motiv sa du, kan du bara nämna någon?

– Den som jag först kommer att tänka på är Peter Martinsson som tillsammans med Oscar var gemensamma ägare till aktiebolaget PM Fastighetsservice. De startade bolaget för tio år sedan och det var egentligen Peters bolag.
Oscar stod bara för startkapital. Som villkor för att han skulle satsa något krävde han att få 51 procent av aktierna.

Per-Olof gör en liten paus och dricker lite kaffe innan han fortsätter:

– För att göra en lång historia lite kortare så lyckades Oscar med diverse trix se till att Peter personligen kom på obestånd. Hans del i bolaget borde vara värt tjugo miljoner men Peter tvingades sälja dem för mycket under värdet och kan man tänka sig det var Oscar som var köparen, några andra spekulanter fanns inte. Kontentan är att Peter, nu femtioåtta år, står utan arbete och med en spottstyver kvar från det bolag som han ägnat tio av de bästa åren av sitt liv och Oscar är ensam ägare av ett bolag som ger tre till fem miljoner i vinst varje år.

– Det låter som om jag ska ha en liten pratsund med Peter, säger Sture.

– En annan som jag verkligen vet hotade Oscar är Christer Johansson som är snickare och egenföretagare. Han hade gjort ganska mycket arbete åt Oscar, som var skyldig honom uppemot trehundratusen. Men Oscar sköt på betalningen, förmodligen bara för att jävlas med Christer som började få svårt att betala sina leverantörer. Christer träffade Oscar här på kontoret och hotade med att gå till kronofogen. Men Oscar bara skrattade och sa att går du till kronofogen går jag till polisen med vår lilla gemensamma hemlighet. Christer ropade och skrek och var nära att ta till våld, men uppenbarligen hade Oscar en rejäl hållhake på honom. Så han fick gå och Oscar var på gott humör och tyckte att det hela var riktigt lyckat.

– Vet du vad det var som var hemligheten?

– Nej, men jag vet att Oscar någonstans har ett register med känsliga uppgifter om en massa personer. Det har han berättat för mig men han sa också att detta register fanns på en hemlig plats som bara han har tillgång till.

– Jag får nog ta ett snack med Christer också. Men som sagt jag vill ha en lista från dig. Ta med så mycket detaljer du kan komma ihåg.

– Ge mig bara ett par dagar så ska du få den i din e-post.

– Försök fixa den i dag så jag har den i morgon bitti. Och en sak till förresten, om det hemliga registret dyker upp så är jag mycket intresserad av det.

Kapitel 15

Exakt på minuten en vecka efter det tidigare mötet sitter Tony och Roland på Grand igen. Roland verkar självsäker och lugn medan Tony är nervös.

De beställer in var sin lövbiff där Tony dricker starköl medan Roland tar bubbelvatten. Trots att han för en stund sedan var hungrig har Tony svårt att få maten att smaka så han dricker ur sin öl och beställer en till. När Roland ätit färdigt lägger han ifrån sig besticken och tittar på Tony med ett litet snett leende innan han säger:

– Nå, har du funderat färdigt nu?

– Jo, jag har väl det. Det är inget lätt beslut. Jag har alltid hållit mig inom lagens råmärken tidigare så det är ett stort steg för mig. Men jag har bestämt mig, jag ställer upp.

– Bra, jag hade faktiskt på känn att du skulle göra det. Jag tycker inte det är så lämpligt att vi diskuterar våra affärer här så jag föreslå att vi byter plats. Jag går nu så kan du komma efter ner till gatan utanför om några minuter så hämtar jag upp dig i min bil där.

Fem minuter senare sitter de i Rolands eleganta svarta BMW. Han kör en rundtur i stan. Roland tittar ideligen i backspegeln men säger inget. Tony börjar undra vart de är på väg och varför Roland är så intresserad av trafiken bakåt, men han frågar inte. Turen varar kanske i tjugo minuter och till slut stannar de på parkeringen utanför St.Sigfrids kyrkogård.

– Här blir bra säger Roland. De som ligger här inne stör oss inte, så nu kan vi prata i lugn och ro. Min plan är så här. Du startar genast med att se till så att du har 40 miljoner tillgängliga till slutet av maj månad. Det börjar röra på sig nu så någon gång i början på juni får vi åka till Rabat och skriva kontrakt på fastighetsaffären. Sedan åker vi hem och du betalar din investering. När det är klart kommer leveransen att ske inom ett par veckor Det är lika bra att du inte känner till detaljerna. Det är bäst för dig att vi inte ses så mycket tillsammans i fortsättningen.

Roland avbryter och tittar Tony stint i ögonen samtidigt som han plockar fram ett kuvert ur innerfickan. När han gör det låter han som av en händelse Tony se att han har en pistol i ett hölster i armhålan.

– Information i det här kuvertet får du som garanti på att jag inte kommer att lura dig. Nu när vi är kompanjoner så omfattas du av den oskrivna lag som säger att man snackar aldrig med polisen. Är vi överens?

– Ja, svarar Tony med lite darr på rösten.

– Det är viktigt att du inser allvaret i detta. Om innehållet i det här kuvertet kommer till någons kännedom så är det du som är ansvarig för det oavsett hur det gått till. Konsekvenserna av om detta skulle ske kommer du aldrig att kunna komma undan.

Tony sitter länge med kuvertet i hand och funderar. Kanske är det ännu inte för sent att dra sig ur. Men tanken på 80 miljoner i vinst får honom till slut att glömma den försiktiga tanken. Efter att ha gått igenom tankekedjan en gång till säger han nu med lite stadigare röst:

– Ja du kan lita på mig.

Kapitel 16

Efter att Oscar upptäckt att Tony och kompanjonerna i grävmaskinsbolaget Cege lurat honom genom att sälja ut maskiner till underpris får Oscar för första gången i sitt liv problem med sömnen. Att fundera på avslutade affärer hade aldrig legat för honom. Men den oförrätt han blivit utsatt för hade grävt djupa hål i hans självkänsla. Han låg och grubblade på hur han skulle hämnas. Detta störde hans nattsömn och det sysselsatte honom hela dagarna.

Han hade inte talat med Tony överhuvudtaget efter att förräderiet avslöjats och om han skulle träffa honom igen så var det för att ta en gruvlig hämnd.

Oscar har en hemlig samling dossierer. Dessa innehåller uppgifter på en mängd olika personer. Det är släktingar, anställda, myndighetspersoner, politiker och affärsbekanta. Både vänner och ovänner samt även sådana som han kunde tänka sig att i en framtid komma att ha nytta av. Dossiern på Tony Persson är beklämmande tom. En som varit verksam som riskkapitalist så länge borde ha varit inblandad i åtminstone något kontroversiellt, men Tony hade alltid varit skicklig på att undvika sådant.

För att få reda på vad Tony hållit på med har han betalat Tonys sekreterare femtusen kronor för att hon skulle ge honom en kopia på Tonys kalender. När sekreteraren tagit emot dessa första femtusen är hon i hans våld och kan inte neka när Oscar begär ytterligare uppgifter. Han är noga med att betala henne varje gång han får information.

De uppgifter han får gör att han har mycket goda möjligheter att störa Tonys verksamhet både stort som smått. Som till exempel när han fick reda på att Tony köpt en industritomt och var i färd med att köpa tomten bredvid. Då gick han in och lade högre bud, vilket gjorde att Tony till slut fick betala dubbelt så mycket som han skulle behöva göra annars.

Oscar är mycket engagerad i att ständigt störa Tony i hans verksamhet och noterar varje litet nålstick som en framgång. Någon tanke på att sluta med detta har han inte. Till slut har Tony fått nog och söker upp Oscar för att ställa allt till rätta. Han hade smörat på ordentligt och anstränger sig för att komma till en överenskommelse, men utan resultat. Oscar är mycket kallsinnig och avfärdar honom på ett förödmjukande sätt och till slut har han fått gå, med oförrättat ärende. Oscar noterar även detta som en framgång men hans slutmål är att Tony skulle bli bankrutt.

Tony var kvällsmänniska som gärna sov länge på mornarna. Däremot var hans unga sambo Anita sällan vaken efter klockan elva och därför oftast uppe vid sextiden för att i lugn och ro dricka kaffe och läsa tidningen i ensamhet på morgonen. När Tony nyvaken stapplade ut i köket för att också han få sitt morgonkaffe möttes han av följande morgonhälsning:

– Det står något i tidningen som säkert kommer att intressera dig, säger Anita.

– Vad är det då, vad gäller det?

– Titta själv, jag har slagit upp sidan.

Med ett allt bredare leende läser Tony den korta artikeln om att man hittat Oscar död i skogen.

– Han dog av plötslig sjukdom står det här. Det hade inte förvånat mig om han blivit ihjälslagen. Ont krut förgås inte så lätt säger man, men i det här fallet stämmer det inte. Jag har nästan lite svårt att smälta att det är sant. Undrar om det inte är någon som förgiftat honom trots allt?

– Du skulle gärna ha gjort det själv va?

– Säg bara inte så när någon annan hör på. Det finns säkert många som gärna skulle sätta dit mig om de kunde.

– Men du har väl inte gjort det? Du ser så himla nöjd ut.

– Nej, det är klart att jag inte gjort det. Men Oscar har lagt ner en väldig möda på att göra livet surt för mig, allt sedan han begrep att jag lurat honom i affären med grävmaskinsbolaget. Det var kanske inte så snyggt av mig, men Oscar skulle gärna ha gjort detsamma mot mig.

Kapitel 17

På kvällen dagen efter att Sara fått beskedet om att Oscar är död cyklar hon över till Stora Byrhult. Det är inte mer än åtta kilometer från hennes lägenhet i Länghem.

I dörren möter Simon som för första gången någonsin kan umgås med sin fästmö på Stora Byrhult där han nu bott och arbetat i många år. Hans bostad har visserligen mestadels varit drängkammaren i den ena flygeln, men ändå en stor förändring.

Det är Per-Olof som tagit initiativ till att de ska träffas för att prata ihop sig om hur situationen ska hanteras. De är samlade i köket, Ebba, Simon, Per-Olof och Sara.

Ebba har gjort i ordning en kvällsmåltid åt dem alla som de äter under en något generad tystnad. Det känns mycket underligt att sitta och bestämma om sådant som Oscar inte ens skulle ha tillåtit dem ha synpunkter på. Det är som om de gör något opassande.

Per-Olof hade från början varit tveksam till att Simon skulle delta, men Sara har förklarat att de är ett par och då har han inga invändningar längre, men han tänker:

– Den grabben har haft en fruktansvärd röta. Från att näst intill ha varit slavarbetare kan det mycket väl sluta med att han sitter här som godsägare.

När de ätit färdigt tar Per-Olof till orda.

– Jag har varit i kontakt med advokat Göransson som Oscar brukar anlita i olika sammanhang och hört med honom om vad han tycker vi ska göra.

Per-Olof gör en paus medan Ebba serverar lite kaffe efter maten och när hon är klar fortsätter han:

– Hans råd är att vi ska fortsätta och arbeta som vi gjort tidigare, men inte göra av med några pengar mer än vad som är absolut nödvändigt för att verksamheterna inte ska ta skada. Jag har tillgång till ett bankkonto med några hundra tusen innestående och det tyckte han att jag kunde fortsätta att använda så som tidigare när Oscar levde. För att fortsätta att driva och underhålla Stora Byrhult går det åt en del pengar, som jag antar att ni inte har, sa han med en blick på Ebba.

– Nej, sa Ebba. Jag har aldrig varit betrodd med något bankkonto. Jag har en kassalåda med några hundra kronor i som jag skulle använda för små utgifter. Större kostnader fakturerades alltid. Då fortsätter vi så bestämmer Per-Olof, så tar jag hand om de fakturor som kommer.

Alla verkar fundera på vad som mer kan vara aktuellt att ta upp och till slut säger Simon:

– Framöver kommer vi att behöva extra arbetskraft för att skördearbetet och senare även plöjning och höstsådd. Det var alltid Oscar som skickade hit folk vid sådana tillfällen. Är det något jag ska ta tag i nu?

– Ja, du är väl den som är bäst lämpad, svarade Per-Olof och det ligger ju i linje med vad Göransson sa.
– Han sa också att han kan åta sig att hantera bouppteckning. Normalt sett ska en sådan göras inom tre månader efter dödsfallet, men man kan få anstånd om det finns särskilda skäl. Och med tanke på vad Oscar hade för affärer så kommer

han säkert att behöva det. Oscar hade ett bankfack och nyckeln till det låg i kassaskåpet på kontoret, så den har jag lämnat till Göransson.

Tjocka moln har dragit in över kvällshimmelen och trots att det är den ljusaste årstiden blir det skumt inne, vilket får Ebba att hämta och tända några stearinljus. Det flackande skenet från dessa får deras möte att verka som en hemlig sammankomst.

– Praktiska frågor som dyker upp får vi väl konferera om efter hand som de inträffar sa Ebba. Men en väl så viktig fråga är ju om det finns något testamente. Om inte lär det väl vara så att Sara är den som ärver allt.

– Jag frågade Göransson, sa Per-Olof, men han visste inte att det fanns något testamente. Han tyckte att vi tillsamman, eventuellt med ytterligare någon ojävig person letar igenom Oscars bostad och kontor.
Oscar hade ju sin bostad och sitt kontor här på Stora Byrhult, men han hade också en lägenhet i Borås i en av sina fastigheter. På kontoret där jag har min arbetsplats är jag säker på att det inte finns något testamente. Dessutom hade han en lägenhet i London, men det är väl inte så sannolikt att han förvarade något testamente där heller. Men vi får väl leta igenom alla ställen han brukade bo på, kanske med undantag för London som väl mera var till för tillfälliga besök.

– Hur blir det med begravning, undrade Sara.

– Polisen Magnusson sa tidigare att det alltid blir en undersökning när dödsfallen inträffar på det här sättet. Han trodde att det kunde ta drygt en vecka innan kroppen kunde lämnas ut för begravning, dock under förutsättning att man inte hittade något som tydde på att ett brott kunde vara begånget.

– Vadå brott, sa Ebba. Han dog väl av en hjärtinfarkt?

– Ja det var vad de sade från början, men jag blev förhörd av polisen i dag och då hade det kommit fram uppgifter som pekade åt annat håll. Det kunde vara mord, självmord eller olyckshändelse och nu är det så att man startat en förundersökning. Det innebär säkert att även ni kommer att förhöras, som de säger upplysningsvis.

– Upplysningsvis, vad betyder det, undrade Sara.

– Det är när man förhörs utan att vara misstänkt för något, tror jag, svarar Per-Olof.

En stunds betänksam tystnad lägrar sig över sällskapet medan de begrundar nyheten.

– Jaså det var någon som hade ihjäl honom i alla fall, bryter Ebba till slut tystnaden med. Jag kunde ge mig fanken på att det var så.

– Men det är ju inte säkert att det är mord, invänder Sara. Självmord kan vi nog glömma, Oscar skulle aldrig göra det, men det kan ju vara en olyckshändelse. Sa de inte vad han hade dött av då?

– Nej, det ville de inte göra.

– Men han måste ju ändå begravas till slut och hur ska vi ha det med begravningen, undrade Sara igen. Ska det vara någonting efter eller ska man skiljas åt efter akten i kyrkan.

– Oscar hade gått ur Svenska kyrkan, sa Per-Olof. Så det är väl inte självklart att det ska vara en akt där. Kanske det vore bättre med en borgerlig begravning.

– Nej fy, ryser Sara. Det är klart att han ska ha en kristen begravning. Att han gått ur kyrkan var väl bara av ekonomiska motiv?

– Ja det kan väl vara upp till dig att bestämma, som närmaste släkting. Om vi hittar ett testamente kanske det finns någon ledtråd till hur vi ska göra där.

Inga fler frågor verkade finnas så Per-Olof gjorde en liten sammanfattning:

– Vi arbetar alltså vidare som vi gjort tidigare. När större frågor dyker upp rådgör vi med varandra. Vi letar efter testamente på de platser vi sagt. Men det är bra om vi inte gör det ensamma. Vad säger ni om att vi träffas i morgon vid samma tid för att börja leta här? Jag ska se till att ha med mig ytterligare någon som vittne.

Ingen hade något att invända så de bestämde sig för att göra så.

Kapitel 18

Klockan halv tio ringde telefon hemma hos Peter Martinsson. Det dröjde tio signaler innan han med rosslig stämma svarade
.

– Ja, det är Peter.

Det var Natasja, hans särbo, som var i andra ändan.

– Det är hemskt vad du låter. Du är väl inte sjuk, eller väckte jag dig?

– Jag kom i säng sent i går kväll. Jag satt länge och skissade på firman jag tänker starta. Ja, den som jag pratade med dig om i förra veckan.

Sanningen var att han hade suttit och druckit en hel del whiskey samtidigt som han slötittat på TV, ända fram till klockan tre på natten.

– Jaså, det där med firman trodde jag inte var så allvarligt menat. Men det var inte därför jag ringde. Då har du inte läst tidningen. Det står ett stycke om att de hittat Oscar Lonfeldt död i skogen.

– Va, är det äntligen någon som slagit ihjäl honom? Det var då inte en dag för tidigt!

– Det verkar inte så. Det står att han förmodligen dött av hastigt påkommen sjukdom. Det låter som en hjärtinfarkt för mig, sa Natasja som jobbade som undersköterska och gärna kom med expertutlåtande om sjukdomar. Det är väl inte så att du är inblandad på något sätt, fortsatte hon. Du har pratat så många gånger om allt möjligt som du skulle vilja göra med honom.

– Nej. Även om jag gärna skulle ha slagit ihjäl honom så har jag inte gjort det. Kan det verkligen vara sant, då kanske det finns någon form av rättvisa i världen ändå. Tack för att du ringde. Jag måste ta tidningen och läsa det själv.

Peter Martinsson lade ifrån sig tidningen. Han hade nog läst den korta notisen minst tio gånger. Oscar Lonfeldt var alltså död. Det var den absolut bästa nyhet han kunde tänka sig. Om det varit på det sättet att det hade någon effekt att man önskade livet ur någon så hade Oscar varit död för länge sedan. Men så är det ju inte.

Peter hade för någon månad sedan besökt Oscar i hans bostad och för att försöka förmå honom att anställa honom igen. Samtalet hade spårat ur alldeles och Oscar hade till och med beskyllt honom för att inte vara ärlig. Märkligt att just Oscar skulle komma med sådana anmärkningar.

Men nu kan det ändra något för mig, tänkte han. Vem kan ta över nu då? Per-Olof Svensson som var en gammal bekant var ju släkt, men han var väl inte så nära. Jag får väl avvakta och se, tänkte han. Jag kan ju alltid prata med de nya ägarna och erbjuda mig att bli VD igen.

Hans erbjudande till Oscar hade inte slutat väl. Han visste dock att hans efterträdare som chef på den gamla firman inte hade lyckats något vidare. Oscar hade varit mycket missnöjd med honom efter att både omsättning och vinst minskat sedan Peter försvann. Han hade vid flera tillfällen pratat med en av de anställda på firman som gett honom intern information om vad som hände

Jag får vänta några veckor, men sedan ska jag ringa och prata med Per-Olof bestämde han sig till slut för.

Kapitel 19

Jag trodde aldrig att polisen skulle upptäcka att Oscar fått i sig blad från fingerborgsblomma. Jag fick en riktig chock när jag fick klart för mig att det var så.

Nu när polisen börjat rota inser jag att jag gjort ett stort misstag. Jag har ju till många och även till polisen sagt att det var längesedan jag träffade Oscar. Det var dumt av mig. Man skall hålla sig till sanningen så nära som möjligt. Tänk om de på något sätt får reda på att jag träffade honom dagen innan han försvann. Då kommer jag att få svårt att förklara detta på ett trovärdigt sätt.

Om de hittar bladen i hans frukostburk tror de väl att någon placerat dem där precis så som verkligen skett. De kan ju förstås också tro att han själv fått dit dem av misstag.

Några fingeravtryck lämnade jag inte på burken det är jag säker på. Jag torkade av den väl där jag rörde vid den. Tur att jag var så förutseende med det i alla fall. Då kommer ju bara Oscars avtryck att finnas där.

Om någon utomstående sett mig komma eller lämna lägenheten då på fredagsmorgonen kan jag inte veta med säkerhet, men jag mötte i alla fall ingen. Men någon kan ju ha stått i ett fönster någonstans och tittat. Undrar om polisen gått runt och knackat dörr för att fråga efter just något sådant, då kanske jag ligger illa till. Men ingen kan ju veta vilken dag bladen hamnat i müsliburken

Jag ska vara väldigt försiktig i framtiden. Inte hålla på att diskutera med andra och ställa en massa frågor om hur det går med polisens utredning. Men helt ointresserad får jag inte spela heller, det skulle verka misstänksamt det också. Det blir en svår avvägning.

Kapitel 20

När Tony i början på juni månad landar på Rabat-Salel Airport hade den värsta nervositeten som jagat honom de senaste dagarna börjat lägga sig och han började lockas av äventyret . Han hade en längre tid tyckt att livet blivit för enahanda. Hans fru hade sagt att han levde i en fyrtioårskris och hans nya unga flickvän var ett tecken på det. Han hade skrattat åt henne då, men han var inte omedveten om att hon nog hade rätt. Även om Anita uppförde sig väl i samband med affärsmiddagar och annat, var snygg och fantastisk i sängen så hade han börjat tröttna på henne och hennes evinnerliga tjat om giftermål. När han sagt att han skulle till Rabat hade hon absolut velat följa med och han hade fått använda all sin övertalningsförmåga för att stoppa henne.

En snabb taxifärd för honom till Hotell Hilton där det ska finnas ett rum reserverat för honom vilket det också gör. Rum tänker Tony när han stiger över tröskel till en fantastisk lyxig svit på tre rum. Det här är en standard som jag säkert skulle kunna vänja mig vid, allra helst som det är någon annan som betalar, tänker han.
Han hade just satt sig tillrätta och öppnat den champagneflaska som någon vänlig person dukat fram när det ringer i telefon. Det är Roland som välkomnar honom till Rabat.

– Nå, gillade du sviten?
.
– Tack, alldeles utmärkt och champagnen smakar också bra.

– Ta det nu bara lite lugnt med drickat än så länge. Vi ska träffa våra kamrater klockan fem i kväll och det är ju bra om du är nykter åtminstone till affären är klar.

– Ja, jag ska försöka behärska mig.

– Det är bra, då kommer jag och hämtar dig fem minuter i fem.

Tony hade klätt om sig till en strikt mörkblå kostym med en röd slips när Roland kommer och hämtar honom på utsatt tid. Deras nya affärspartners som redan är på plats är affärsmässiga och artiga. Diskussionen löper på bra och redan efter en timma är de klara att skriva under kontraktet.

När det är klart flyttar de över till en annan lokal där ett bord står dukat med allehanda läckerheter i både fast och flytande form. Även ett antal läckra damer väntar på dem. En vacker kvinna som presenterade sig som Leila ägnar sig redan från första stund åt Tony och passar upp honom på alla sätt. För den som är hågad finns också tillgång till kokain och de flesta av deltagarna är just hågade, men Tony som i hela sitt liv undvikit alla slag av illegala droger, tackar nej och nöjer sig med alkohol. Kvällen är lyckad och när det var läggdags följer Leila med Tony upp på hans rum.

Nästa dag vaknar han av att Roland ringer.

– En mycket lyckad kväll, eller vad tyckte du?

– Absolut, det är så att man rent av skulle kunna tänka sig att stanna här ett tag, svarar Tony.

– Ja men nu har du din flight bokad till klockan två. Jag tyckte det var bäst att väcka dig så du kommer iväg ordentligt. Själv ska jag inte åka hem förrän i morgon så vi ses nog inte mer.

– Ja, det är väl lika bra det. Om allt går som det ska så behöver vi ju inte träffas mer. Men vem vet, vi kanske kan göra någon mer affär i framtiden?

Kapitel 21

Christer Johansson har just satt sig tillrätta vid frukostbordet, men håller på att hälla ut morgonkaffet i knäet när hans sambo helt utan förvarning skriker rakt ut där hon sitter med tidningen uppslagen. Han lyckas i sista sekunden räta upp koppen så att bara lite grand stänker ut på bordet.

– Men vad är det med dig, jag höll på att blöta ner mina byxor, både inifrån och utifrån.

– Det står här i tidningen att Oscar är död. Det står om att de har hittat honom död i skogen. Jag måste ringa och fråga mamma.

– Är han död, är det riktigt sant? Det är inte något trix av Oscar. Jag menar det är väl ingen falsk nyhet?

Hon plockar fram sin mobil och trummar nervöst med fingrarna på bordsskivan tills mamman svarar. Efter ett längre samtal som får Christer att stöna av nyfikenhet avslutar hon samtalet.

– Jodå, det är sant, hon var jätteledsen. Hon hade blivit kontaktad av polisen i går.

– Hon kan ju vara ledsen, men det är det nog inte så många andra som är.

– Nej jag kan inte heller förstå vad hon såg hos honom, men de har ju varit något av ett par i ganska många år nu.

– Vad har han dött av då? Tog någon ihjäl honom?

– Men Christer, det är väl inte du som gjort något? De tror att det var en hjärtattack.

– Nej, naturligtvis inte. Jag är väl ingen mördare. Men jag kan inte säga att jag sörjer honom. Undrar bara vad som händer med den där jävla mappen han har. Han visade mig den när jag var på hans kontor så han hade den väl där i något skåp. Men det är säkert ingen annan som känner till den eller vad den innehåller.

– Tror du att vi kan få betalt nu då, när Oscar är borta?

– Jag ringer till hans kontor och säger att jag vill ha betalt nu genast.

– Ja, vi behöver ha in pengar. Dom ringde från sågverket i går igen och påminde om att den avbetalning du lovat inte hade kommit in. Olsson på sågverket var riktigt ledsen och sa att han måste ha pengarna genast för han måste ut med stora summor snart för timmerleveranser. Han sa det inte rakt ut, men om det inte kommer in under veckan är risken stor att han går till kronofogden.

– Firman går ju bra. Hade bara Oscar betalat som han skulle så hade vi kunnat betala allt vi är skyldiga på sågverket. Jag ska ringa och prata med Svensson på Oscars kontor genast.

Christer Johansson vill gärna vara ensam när han pratar i telefon så han går in i den garderob som han gjort om till kontor. Sambon Lena står utanför och lyssnar men kan inte höra något mer än ett svagt mummel. Det går inte att höra hur samtalet går, men Christer som kan ha kort stubin och gärna höjer rösten förblev lugn. Det verkar som om han ringer flera samtal så Lena är rejält nyfiken när dörren öppnas.

– Jag pratade först med Svensson och han sa att mina fakturor ligger inlagda i bokföringen. De väntar bara på att Oscar ska attestera dem. Eftersom Oscar inte kan attestera dem så hänvisade han mig till en advokat som hette Göransson. När jag pratade med honom ville han först inte säga när vi kunde få betalt, men när han hade pratat med Svenssons ångrade han sig och sa att jag kunde räkna med att få pengarna under veckan.

– Gud va skönt, ska den här mardrömmen verkligen ta slut nu.

– Ja, vi får hoppas det. Bara inte den där jävla mappen kommer fram.

– Vad finns det i den då? Varför kan du inte berätta det för mig? Litar du inte på mig? Är det något du gjort som du skäms att tala om? Har du skadat någon? Jag måste få veta för att jag ska kunna lita på dig.

– Det är klart att jag litar på dig. Jag har inte skadat något men för några år sedan gjorde jag något som var olagligt och om det skulle komma fram kan jag åka in i fängelse. Jag vill inte tala om det för ju fler som vet om det desto större är risken att det kommer ut. Jag har aldrig begripit hur Oscar kunnat få reda på det.

– Men vad är det då?

Christer tvekar länge, vill inte erkänna för någon eftersom han skäms djupt för det han gjort en gång. Men till slut inser han att hon har rätt att få veta vad det hela handlar om.

– Du får aldrig knysta om det jag säger nu. Skulle jag åka i fängelse så kommer vi att gå i konkurs och du skulle drabbas lika hårt av det som jag, åtminstone nästan. Vad det handlar om är att jag skickat luftfakturor till kommunen. En gammal kompis till mig där attesterade fakturorna och vi delade på pengarna.

– Men det är ju rent bedrägeri!

– Ja jag vet, men det är längesedan och i en tid när jag hade det väldigt svårt ekonomiskt. Om jag kunde skulle jag betala tillbaka det, men det går ju inte om jag inte samtidigt vill åka in i fängelse och det vill jag inte.

– Vem var kompisen då?

– Det är lika bra att du inte vet. Ju mindre du vet desto bättre, men nu vet du i alla fall vad det handlade om. Men kom ihåg att detta får du inte berätta för någon, inte ens din mamma.

Kapitel 22

Efter lunch dagen efter uppstartsmötet i polishuset åker kommissarie Sture Magnusson till Stora Byrhult. Han har ringt tidigare på förmiddagen och pratat med Ebba och fått reda på att de enda anställda där är Ebba och hennes bror Simon. De har båda lovat vara tillgängliga för att förhöras upplysningsvis.

När han kör upp på infarten till gården kan han inte låta bli att imponeras av den magnifika herrgården och de vackra omgivningarna. Denna plats har under flera hundra år varit bostad för män med mycket makt. När man färdas uppför allén får man än i dag en känsla av underlägsenhet gentemot de som härskar här.

På Stures förslag sätter de sig i köket. Sedan informerar han dem båda om kända fakta, som var och när deras arbetsgivare hittats och att dödsorsaken var att han fått i sig giftiga växter. Han ber därefter Simon att sätta sig i ett annat rum så att han kan höra dem var och en för sig. När Simon lämnat köket sätter Sture sin mobiltelefon på inspelning och talar in plats datum och vilka som är närvarande, sedan öppnar han med att säga:

– Er arbetsgivare hittades ju död i skogen och min första fråga är om det var härifrån han kom närmast innan han for ut i skogen?

– Sista gången jag träffade Oscar var den 1 juni. Han tog bilen och körde härifrån vid femtiden och han sa inte vart han skulle. Om han åkte till skogen vet jag alltså inte.

– Verkade han må bra när han åkte härifrån?

– Jag märkte i vart fall inte något särskilt med honom, säger Ebba.

– Minns du något annat från ert sista samtal som kan vara av intresse?

– Det var en torsdag och han gav order om att jag skulle ordna en middag till söndagen för sex personer. Jag hörde inte något mer från honom senare så på söndagen var middagen färdig på utsatt tid, men Oscar dök aldrig upp. De sex gästerna kom, men eftersom inte värden gjorde det fick de återvända utan middag. Dagen efter åt jag och min bror upp vad vi kunde och resten fick vi kasta.

– Var det vanligt att han bad dig ordna middagar eller annat som sedan inte blev av?

– Nej, det var inte alls vanligt, men Oscar var väldigt oberäknelig. Men jag var lite förvånad att han sa till så långt i förväg. Oftast kom han samma dag eller dagen innan.

– Vet du om det växer några fingerborgsblommor har på gården?

Ebba tittade undrande på kommissarien men svarade till slut.

– Inte vad jag vet, men jag är inte så mycket för trädgård så jag är inte säker. Du ska kanske fråga Simon i stället.

Samtalet gav i fortsättningen inte särskilt mycket så efter ett tag fick Ebba och Simon byta plats.

– När träffade du Oscar Lonfeldt för sista gången, startade Sture utfrågningen av Simon med.

– Det var på lördagskvällen veckan innan han hittades.

– Pratade du med honom? frågar Sture.

– Jag pratade inte så mycket, det var mest Oscar som klagade på att jag inte tvättat hans bil ordentligt. Han skulle alltid klaga på något annars var han inte nöjd.

– La du märke till hur han mådde? Bra eller dåligt?

– Nej, han var precis som han brukade vara, sa Simon.

– Jag frågade din syster om det finns några fingerborgsblommor här på gården, men hon hänvisade till dig.

– Nja, inte direkt här men det ligger en gammal torpruin bara femhundra meter härifrån ute vid landsvägen och där växer de vilt.

– Känner du till något om dessa blommor, går de att äta till exempel?

– Nej för tusan. De är väldigt giftiga.

Efter en liten stund fortsatte han

– Hade han fått i sig sådana?

– Kan inte kommentera det, men jag skulle uppskatta om du behöll den frågan för dig själv och inte berättade för någon.

– Okej, jag ska inte säga något, sa Simon med ett litet leende.

– Hur såg din relation med Oscar ut?

– Den var inte särskilt god. Från början när han anställde mig, trodde jag att han ville ge mig en ny chans i livet. Men efter hand har jag förstått att han såg mig som en som han kunde utnyttja som billig arbetskraft för att inte säga slavarbete. Jag kan inte känna någon som helst medkänsla med honom, han fick precis vad han förtjänade.

– Låter som om du hade ganska bra motiv för att ta livet av honom.

– Jag förstår det, men jag har inte tagit livet av honom, någon annan hann före mig. Jag hoppas att det finns flera misstänkta.

– Utredningen är fortfarande i ett inledningsskede, så någon lista på misstänkta finns inte i dag. Men du får nog finna dig i att du kommer att finnas med på den så småningom. Särskilt med tanke på din bakgrund och det som du just sagt. Är du oskyldig behöver du inte frukta något. Är det något du vill tillägga som jag inte frågat om?

Simon skakar på huvudet.

– Ja men då så, då avslutar vi här. Om du kommer på något du vill tillägga så kan du ringa mig när som helst.

Efter att förhören var avslutade bad Sture syskonen skriva en förteckning över namn som de visste ingick i Oscars umgänge, både affärskontakter och andra. När denna lista var klar efter någon timma tackade Sture för sig.

Kapitel 23

Efter att Terese letat på Internet hittar hon en kvinnlig advokat som driver en egen advokatbyrå. Hon tvekar länge, men ringer till slut. Hon kommer överens med advokaten om ett samtal för rådgivning. Taxan för samtalet är tvåtusen kronor, vilket får Terese att tycka att hon borde ha studerat juridik. Två tusen spänn i timmen, det var väl minst sex gånger mer än vad hon tjänar själv.

De kommer överens om ett samtal redan nästa dag och bestämmer att Terese skall komma klockan 17. Direkt efter att hon slutat arbetet tar hon bilen in till staden och promenerar den sista biten till advokatkontoret som ligger på Österlånggatan.

Nu sitter hon framför en mycket elegant dam i fyrtioårsåldern som är klädd i en tjusig grå dräkt och med en aura av rikedom och självsäkerhet omkring sig. Terese är klädd som hon brukar till vardags i tröja och jeans vilket får henne att känna sig underlägsen och som något som katten släpat in. På det eleganta kontoret med det stora skrivbordet och den låga besöksfåtöljen i vinrött läder, får hon sitta och titta upp på den stiliga kvinnan bakom skrivbordet, vilket ytterligare ökar henne känsla av underlägsenhet.

– På vad sätt kan jag hjälpa dig? frågar advokaten som presenterat sig som Kerstin, kort och gott.

– Jag har växt upp tillsammans med min mamma och har aldrig haft någon far. I mina papper står det fader okänd. Min mamma har dock alltid hävdat att det är den nyligen döde Oscar Lonfeldt som är min far. Han har dock förnekat att det skulle vara så. Han har aldrig betalat något underhåll för mig och vi har aldrig haft någon kontakt. Mamma bearbetade i många år socialnämnden för att försöka få dem att tvinga honom att erkänna faderskapet, men de ville eller kunde inte hjälpa henne.

Terese avbryter och försöker se om hon kan märka någon reaktion hos advokaten. När hon inte kan se någon, så fortsätter hon:

– Vad jag undrar är om jag kan ha rätt till något arv efter honom? Det kan ju tyckas sniket av mig att komma med en sådan fråga. Jag ser ju inte honom som någon riktig pappa eftersom jag mig veterligen aldrig ens har träffat honom. Men om han nu är min biologiska far så kanske jag har arvsrätt ändå.

– Jo, det är riktigt, du har lika stor arvsrätt som de andra eventuella barnen till honom oavsett om han erkänt sig vara din far eller ej. Det svåra är ju dock att bevisa att han är din biologiska far. Du skulle ju kunna starta en process gentemot dödsboet för att bli erkänd, sa Kerstin. Då skulle det behöva tas ett DNA-test där DNA från dig och fadern jämförs. Resultatet av ett sådant test är god bevisgrund och ifrågasätts i princip aldrig. Men den viktigaste frågan är ju om din mor har rätt, eller inte. Om hon är hundraprocentigt säker på att det inte kan vara någon annan så är mitt råd att du går vidare och då ska jag gärna åta mig att föra din talan.

– Jag måste tala med mamma. Hon har alltid hävdat att det är bergsäkert och jag har aldrig ifrågasatt det heller, men det måste jag nog göra nu.

– Jag känner en advokat som brukar ha Lonfeldt som klient ibland, sa Kerstin. Jag ska höra med honom om det finns några arvingar som kan förväntas företräda dödsboet. Det skulle kunna vara till dem som vi ska vända oss för att begära att få faderskapet bekräftat. Vi kan också vända oss till socialnämnden. Det är egentligen de som är ansvariga för att få faderskap fastställda. De skulle kunna begära att få ett DNA-test utfört. Det kan vara intressant att höra deras skäl till varför det inte fastställts något faderskap.

– Mamma har alltid sagt att Lonfeldt hade mutat tjänstemannen i stadshuset som hade hand om hennes fall. Det är nog bara struntprat från mammas sida, eftersom hon och tjänstemannen med tiden blev riktiga ovänner.

– Det är nog inget vi ska tala om, sa Kerstin. Om man gör det blir det bara tråkigheter om man inte med säkerhet kan bevisa att det är sant och det antar jag att din mamma inte kan. Om du vill att jag ska arbeta vidare med det här, så är mitt arvode två tusen kronor i timmen, så det kommer att kosta en del. Men om du har en hemförsäkring brukar det ingå rättshjälp i den.

– Men om du åtar dig mitt fall så kan vi göra en överenskommelse att du får en viss andel av vad jag ärver om vi vinner. Det har jag sett på TV att man gör så.

– Det är nog någon amerikansk film du sett, för i Sverige gör vi inte så, svarade Kerstin.

– Jag har en sådan försäkring så det kanske löser sig ändå, men jag pratar med mamma först innan jag bestämmer mig. Jag ska göra det redan i dag, så jag ringer dig senare och talar om hur jag gör.

När Terese lämnat advokaten tänker hon först ringa mamma, men klockan är nu efter sex på kvällen och då brukar mamma inte vara så mycket att prata med så hon ringer till Sandor i stället och frågar om han kan komma över en stund, vilket han lovar att göra.

– Jag har varit hos en advokat i dag börjar Terese.

– Va, vadå för? Vad behöver du en advokat till, har du gjort något dumt?

– Nej, men jag läste i tidningen för några dagar sedan att den gubbe som mamma alltid sagt är min far har dött. Jag har aldrig förut funderat så mycket på vem han var med det visar sig att gubben var mångmiljonär.

– Vad menar du kan du ärva honom då eller?

– Det är det jag pratade med advokaten om. Men gubben har aldrig erkänt faderskapet, så i mina papper står det fader okänd. Om jag startar en process, som advokaten kallade det, så kan jag anlita henne för att hjälpa mig, men hon tar två tusen spänn i timmen, så det kommer att kosta en massa pengar.

– Jag har det lite knapert just nu, måste köpa nya däck till bilen och de går på tjugo tusen.

– Tjugotusen för fyra däck, är du inte riktigt klok.

– Det är specialdäck förstår du.

– Jag hade inte väntat mig att du skulle låna mig något heller för den delen, men det var väldigt dyra däck. Jag tror inte ens jag får tjugo tusen för hela min bil.

– Det är väl klart att jag skulle hjälpa dig om jag kunde, vi är ju nästan förlovade.

Är vi det, tänkte Terese, det kan jag inte minnas att jag har hört förut. Kan det vara så att jag blivit lite intressantare nu när jag kanske ska ärva?

– Vad säger du är vi nästan förlovade, det har du inte sagt förut.

– Jag har länge gått och funderat på att köpa en ring, men det är ju som sagt lite knapert just nu.

– Vänta du med ringen tills du köpt nya däck, så får vi se sedan.

Kapitel 24

Klockan närmade sig sex på kvällen och det var dags för Per-Olof att gå hem. Han var ensam på kontoret när det ringer på dörren. Efter att Oscar dog har han tagit för vana att låsa när han är ensam. Han gör det för att undvika att någon av Oscars gamla offer skulle komma och kräva det ena eller det andra.

Och det var precis vad som var på gång. Genom titthålet i dörren kunde han se att det är Berit Holmkvist. Hon hade sedan mer än fem år haft ett förhållande med Oscar. Att hon kunnat stå ut så länge hade imponerat på Per-Olof som sett många av hennes företrädare försvinna oftast efter några veckor.

Berit var en parant dam på runt femtio år och av det lilla han talat med henne hade hon gjort ett intelligent och bildat intryck. Vad hon kunde ha sett hos Oscar var lite svårt att förstå. De var endast ytligt bekanta så Per-Olof var lite nyfiken på vad hon kunde vilja så han öppnade för henne och hälsade artigt.

– Jag behöver tala med dig, började hon.

– Javisst, varsågod och sitt ner. Vill du ha lite kaffe eller något annat.

– Nej tack, det behövs inte.

Berit satte sig i besöksfåtöljen mitt emot Per-Olof. Hon verkade inte helt bekväm med situationen verkade det som. Efter en stunds ansträngd tystnad sade hon:

– Jag blev uppringd av någon från polisen som berättade att Oscar är död. Sen har jag läst om det i tidningen också. Tydligen var han helt ensam i skogen när han dog. Jag undrar om han hade mycket ont och om han fick lida länge, men polisen jag pratade med hade inget att säga om det.

Medan de talade såg Per-Olof till sin förvåning att Berits ögon tårades. Inte vid något tillfälle hade han märkt någon annan som på något sätt verkat ledsen över hans död.

– Ja, det är väl inget någon kan svara på, men vi får väl hoppas att det inte var för svårt för honom. Jag hade tänkt prata med dig innan det kom i tidningen men ärligt talat visste jag inte hur jag skulle kunna nå dig, sa Per-Olof. Jag var lite osäker på ditt efternamn och jag kunde inte hitta något i Eniro och liknande, som jag tyckte passade.

– Bry dig inte om det. Dåliga nyheter kan gärna få vänta. Men varför jag söker upp dig är av ekonomiska skäl. Jag har några reverser som Oscar har utfärdat och nu när han är död tänkte jag att det är bäst att inkassera dem snarast.

– Då får du vända dig till advokat Göransson som är bouppteckningsman. Här får du hans visitkort, sa Per-Olof och hämtade ett kort från sitt skrivbord. Förlåt om det verkar nyfiket, men varför i hela värden gav Oscar dig reverser.

– Reverserna är ersättning för arbete jag gjorde för honom i samband med olika tillfällen när han behövde en kvinna som deltagare vid representationsmiddagar och liknande.

– Varför fick du inte vanlig lön då i stället? Lite konstigt att få betalt på det sättet.

– Det var Oscar som ville ha det på det sättet och vad jag förstår, så är de väldigt förmånliga för mig. Det var kanske också ett mellanting mellan lön och gåva. Reverserna löper med tjugo procents årlig ränta, så jag tyckte att det kunde vara en god idé.

Per-Olof hade lite svårt att smälta det han hörde. Det visade på en omtänksam sida av Oscar som han aldrig hade sett minsta tecken på under alla de år han arbetat åt honom. Efter en liten paus fortsätter han:

– Ja, det låter utan tvekan som väldigt förmånliga villkor. Det låter inte alls som Oscar. Han hade inte för vana att skriva generösa avtal om jag uttrycker mig försiktigt. Hur gamla är dina skuldsedlar?

– Den äldsta är nästan fyra år.

– Med tjugo procents ränta är den värd dubbelt så mycket i dag. Så det är säkert bra för dig att du inte löst dem förrän du måste och det är väl nu när han är död, antar jag.

– Du har väl egentligen inte med det att göra men jag försökte lösa in ett av skuldbreven hos Oscar för någon månad sen, då jag hade planer på att köpa en ny bil, men han övertalade mig att låta bli. Se det som en pensionsförsäkring sa han. Det är att avtal som är förmånligt för dig och jag vill inte att du avslutar det nu. Jag skaffar en ny bil åt dig och hjälper dig med din ekonomi om det behövs, men de här pengarna kan du behöva om jag försvinner. Ska du lösa in dem så får det bli över min döda kropp som han sa, fast på skämt. Och nu är han ju faktiskt död. Men jag ska prata med hans advokat som du sa.

När Berit lämnat kontoret tänkte Per-Olof att han måste komma ihåg att lägga till samtalet med henne på listan till Magnusson.
Bättre motiv till att ha ihjäl Oscar får man väl leta efter.

Kapitel 25

Det är Irmas födelsedag så dagen till ära har hon och Lennart gått ner på stan för att äta lunch på en bättre restaurang. De har bestämt sig för ett ställe på Lilla Brogatan. De hade varit där några gånger förut och det brukade alltid vara bra mat.

Samtidigt som de fått in sin beställning ringer Lennarts mobiltelefon. Han tittar på displayen men känner inte igen numret så han kopplar bort samtalet för att kunna äta i lugn och ro. När de ätit färdigt och satt med var sin kopp kaffe ringer det igen och det var åter samma nummer. Han kopplar bort det igen men har blivit lite nyfiken och tänkte att nästa gång ska jag svara. Hoppas bara att det inte är någon som ska sälja något.

På backen upp till Liljeberget ringer det för tredje gången och nu svarar han.

– Hej, detta är Simon Bergström, hoppas att jag inte ringer olämpligt.

– Dina två första försök var mitt i middan, men nu är det okej svarar han. Simon Bergström klingar svagt bekant, men du får hjälpa mig på traven lite. Vem är du?

– Vi träffades en del för så där elva år sedan, i yrket så att säga. På den tiden var jag missbrukare och kriminell och du var polis.

– Ja, nu minns jag dig. Hur lever livet med dig nu då?

– Tack, efter omständigheterna bra. Sedan jag kom ut ur fängelset har jag hållit mig på den smala stigen. Jag har en underbar fästmö och jag har ett arbete på en större gård som heter Stora Byrhult .

Simon gjorde en paus som för att låta Lennart svara, men han hummade bara lite så Simon fortsatte:

– Jag vill gärna börja med att säga att jag absolut inte gjort något olagligt, men har en känsla av att min bakgrund gör att jag är misstänkt för att ha tagit livet av min arbetsgivare. Eftersom jag minns dig som att du var reko när vi hade kontakt senast skulle jag gärna vilja ha ett samtal med dig.

– Som du säkert räknat ut är jag pensionär numera och kan inte påverka en eventuell utredning mot dig.

– Jo jag vet att du inte arbetar längre, men du har mycket erfarenhet och jag skulle gärna bara vilja prata med dig, sa Simon.

– Tja det kan jag väl ställa upp på. När och hur kan vi träffas då?

– Min fästmö och jag är i stan i dag och om du har möjlighet kan vi komma hem till dig.

– Jag är hemma om två minuter så ni är välkomna då, säger Lennart.

När samtalet avslutats är de nästan hemma och på väg uppför trapporna berättar Lennart för Irma vad samtalet handlat om. De hade inte mer än nätt och jämt fått av sig sina ytterkläder när de hör att det pratas i trapphuset och ett ögonblick senare ringer det på dörren. Utanför står Simon som han svagt känner igen och en ung kvinna vid hans sida.

– Hej Simon, säger Lennart. Det var snabbt marscherat.

Efter att alla sagt sina namn och hälsat vill Irma bjuda på kaffe och när det är klart sätter de sig i soffan i vardagsrummet.

– Jag har blivit förhörd av en kommissarie Magnusson och han var mycket tydlig med att jag med min kriminella bakgrund stod bland de översta på listan över misstänkta.

– Det ska du inte ta så hårt på, sa Lennart. Det behövs mycket mer än det för att du ska vara riktigt intressant i utredningen. Jag skulle tro att den fortfarande är i inledningsskedet där man bara samlar in så mycket information som finns att få.

– Det är nu tio år sedan jag släpptes ur fängelset och jag har så att säga sonat mina brott, men stämpeln kommer förmodligen aldrig att försvinna helt. Jag vet inte hur jag ska hantera det här och det var för att kanske få ett tips av dig som jag kom hit.

– Tipset är självklart och mycket enkelt. Samarbeta fullt ut med polisen. Hemlighåll inte något. Så ska du se att det inte är några problem. Ett märkligt sammanträffande att du skulle komma till mig för att tala om detta. Det var nämligen jag som hittade din arbetsgivare i skogen. Men berätta gärna om vad som sades vid förhöret.

Simon redogjorde för vad som sagts men blev sedan lite tveksam.

– Jag lovade Magnusson att inte föra vidare att jag gissade rätt om vad det var som var orsaken till att Oscar förgiftats.

– Hur kunde du gissa det då?

– Jo han frågade om det fanns några odlingar av fingerborgsblommor på Stora Byrhult och jag visste ju att den är mycket giftig.

– Jag visste det redan så du har inte spritt din hemlighet vidare ännu.

– Hur går en sådan här förundersökning till, undrade Sara.

Lennart stryker sig över hakan och funderar lite innan han svarar:

– Polisen samlar in så mycket information man kan i ett första skede. Sedan försöker man kartlägga Lonfeldts sista stunder i livet. Ett viktigt område är hans umgänge där och om han hade några fiender, ju bittrare fiender desto bättre. Vad jag förstår kan du inte uteslutas där Simon.
 Och du Sara gynnas kanske ekonomiskt av hans död.

– När det gäller Oscars sista tid så berättade jag för Magnusson precis som det var, sa Simon.

– Jag har också blivit förhörd infogade Sara, men jag fick inget intryck av att jag var misstänkt. Jag talade med Oscar i telefon någon dag innan han försvann. Träffat honom har jag inte gjort på länge.

– I stort sett alla som betraktas som nära till offret hörs upplysningsvis. Så att de pratat med er är helt enligt det sätt som man brukar arbeta.

De pratar vidare en bra stund och Lennart försöker efter bästa förmåga lugna dem båda. Han tyckte inte att de har någon anledning att vara oroliga om de bara talar sanning och samarbetar så bra de bara kan. När de tackat för sig och lämnat lägenheten säger Irma.

– Väldigt trevliga ungdomar. Jag tycker du ska hjälpa dem båda om du har någon möjlighet. Till exempel att lägga ett gott ord för dem hos din gamla kollega.

– Du är snäll du Irma, säger Lennart. Men jag tror inte jag ska lägga mig i mer än vad jag redan gjort.

Kapitel 26

Eivor Hillman hade inte sin bästa dag. Terese hade fått vänta flera minuter innan mamman öppnat för henne när hon ringde på.

– Vad höll du på med mamma, undrade hon när hon äntligen blev insläppt.

– Jag hade lagt mig, svarade modern. Jag hade ont i huvudet, så jag tog mig en liten lur.

Terese tittade kritiskt på sin mor och det var ingen vacker syn. Mamman var inte äldre än 58 år, men som hon såg ut nu skulle man snarare gissa på sjuttio. Håret var fett och stripigt och hon var klädd i ett par jeans och en säckig tröja med tydliga spår efter en för länge sedan uppäten måltid. Hon hade runt sig en svag sur odör av gammal tobaksrök och avslaget vin. Hon hade haft en ganska frikostig konsumtion av vin redan när Terese bodde hemma, men när hon flyttade hade uppenbarligen alla hämningar släppt och en box med det billigaste vinet brukade inte räcka mer än två dagar.

De satte sig nu på var sin sida om det lilla soffbordet och Terese tittade sin mamma stint i ögonen.

– Hur är det med dig mamma, undrade Terese. Du verkar inte vara riktigt vaken och jag har mycket viktiga saker att prata med dig om. Det handlar om Oscar Lonfeldt och om ett eventuellt arv.

Modern tittade på henne med en slö blick och man kunde riktigt se att hon försökte få kugghjulen i hjärnan att passa ihop. Som det verkade dock utan större framgång.

– Vänta lite, sa hon till slut medan hon reste sig ostadigt och gick ut i köket.

Det hördes lite klirrande från glas och ett porlande ljud från köket så det var uppenbart för Terese att modern höll på att ta sig en liten återställare. Efter ett par minuter kom hon tillbaka och slog sig ner i soffan igen.

– Ge mig bara ett par minuter till, sa modern. Så ska jag kunna svara på alla dina frågor.

Terese lät det gå ett par minuter till sedan började hon med att ställa frågan:

– Hur säker är du på att det är Oscar Lonfeldt som är min far?

Uppenbarligen hade kuggarna i hjärnan kuggat i varandra igen, för nu kom det att snabbt svar:

– Jag är nästan säker. Att jag inte kan säga helt säker är för att jag även träffade ett par andra karlar ungefär samtidigt. Men det var antingen för sent eller för tidigt för att det skulle kunna vara någon av dem. Dom var båda mycket försiktiga och hoppade av i tid så att säga, men Oscar var inte alls någon försiktig typ, så jag trodde redan när vi hade haft samlag att nu blev jag nog med barn.

– Hoppade av i tid? Fanns det inte kondomer på din tid? Det har du alltid tjatat om att jag ska se till att det används.

Generat studerar mamma Eivor sina nagelband och pillar lite på några få återstående lackfläckar, innan hon svarar:

– Alla var inte så pigga på det och det brukade ju gå bra, ända tills du blev till. Oscar påstod att han gjorde det men jag kunde aldrig märka att han tog på någon.

– Men hur kom det sig då att han klarade sig undan att bli erkänd som far? Det är ju socialnämndens ansvar att se till att faderskapet blir fastställt när man inte är gift. Och det du brukar tjata om att tjänstemännen skulle vara mutade tror jag inte ett ögonblick på.

– Jag pratade flera gånger med en karl som hade hand om mitt ärende. Han sa att jag måste bevisa eller i varje fall göra troligt att Oscar var fadern. Hur skulle jag kunna bevisa det? Han påstod också att han hade pratat med mina grannar och hade fått uppgift om att jag brukade ha olika karlar med mig hem i stort sett varje kväll, men det var inte sant. De var inte alls så många. Han sa att jag hade ett rykte om mig att vara promiskuös och jag förstod inte vad han menade. Det fick jag slå upp i en uppslagsbok senare och det gjorde mig riktigt ledsen. Det var ju inte alls sant. Det var den där elaka kärringen Karlsson på våningen under oss när vi bodde på Lindormsgatan som pratat skit om mig. Hon var en riktig ragata och det sa jag till henne senare också. Men det måste ha varit Oscar som är din far för det stämde precis med tiden.

– Är du säker på att han inte använde kondom då?

– Nja, jag minns inte om jag kollade det.

– Men de andra karlarna då, hur nära i tiden var det?

– Det var säkert flera veckar emellan.

Terese begrundar det som modern sagt en stund och kan riktigt se miljonerna, som hon hoppats så mycket på, få små vingar och flyga iväg.

– Jag var hos en advokat i går. Advokaten säger att jag är arvsberättigad om jag bara kan bevisa att Oscar verkligen är min far. För att bevisa det behöver vi starta en process och advokaten kostar en förfärlig massa pengar, så jag måste vara säker på det som du säger, att du nästan är säker på.

Mammans ögon fuktades och det syntes tydligt att hon var i behov av ytterligare påfyllning, men Terese vill inte släppa henne nu.

– Mamma, du måste ha några vita dagar, så att du blir klar i huvudet. Efter det ska du sätta dig ner och notera allt du minns från de där veckorna då du blev med barn. Om vi kan bevisa att Oscar är min far, så kommer båda våras liv att bli helt förändrade.

– Jag lovar, jag har en halv låda vin i kylskåpet. Den dricker jag upp i dag och sedan ska jag inte ta en droppe till innan du har fått din redogörelse.

– Du har precis lika mycket att vinna på detta som jag, så du behöver inte tycka att du uppoffrar dig för min skull. I dag är det onsdag. På lördag kommer jag tillbaka och då går vi igenom det du skrivit. På måndag ringer jag advokaten och talar om huruvida vi ska gå vidare eller ej.

När Terese lämnar sin mamma och tänker hon igenom vad som sagts. Även om mamma är spik nykter i en vecka så vore det konstigt om hon skulle kunna komma på något av avgörande vikt. Men om hon kan ändra sina dryckesvanor är det ju ändå bra, även om det bara varar en vecka.

Kapitel 27

Irma hade bett Lennart gå till apoteket för att köpa ögondroppar och när han ändå är nere i stan tänkte han att han skulle passa på och titta in till Sture för ett kort samtal. Han hade tur för Sture hade precis kommit in och var ledig för en pratstund gamla kompisar emellan.

– Först hör man inte av dig på flera år och sedan är det inte mer än en vecka mellan dina besök, säger Sture med ett snett leende. Något säger mig att det inte är mitt trevliga sällskap som drar utan jag misstänker att du är nyfiken.

– Inte då, svarar Lennart. Det är alltid lika roligt att träffa dig. Jag har också information att komma med. Det är så att jag blev uppsökt av Simon Nordström och hans fästmö häromdagen.

– Känner du honom?

– Ja, faktiskt, det var jag som såg till att han hamnade i finkan för elva år sedan och konstigt nog så hade han uppskattat vad jag gjorde då.

– Det är inte dåligt när de man sätter fast uppskattar det. Jag kan inte minnas att det någonsin har hänt mig. Men vad hade han att säga då?

– Han var rädd att du på grund av hans bakgrund hade utsett honom till den mest trolige mördaren och han tyckte inte om det.

– Tja, han är en av många som utan tvekan önskade livet ur Lonfeldt och han är i dagsläget inte vare sig mer eller mindre misstänkt än någon annan.

– Jag trodde väl att det var så. Jag rekommenderade honom att vara väldigt öppen och ärlig mot dig,

– Är han oskyldig har han inget att frukta.

– Hur går det med utredningen annars då?

– Vi har en lång lista med personer som mer eller mindre erkänner att de är glada att han är död, men det är ingen som medger att de gjort det. En svårighet är att tidpunkten för dödsfallet är ganska svävande. Man tror att det inträffade lördag eller söndag en vecka innan du hittade honom. Han hade varit på sin gård Stora Byrhult på torsdagen och där instruerat hushållerskan att det skulle vara middag för sex personer nästa söndag. Som det ser ut nu är hon och hennes bror de sista som träffat Lonfeldt i livet. Det är i alla fall ingen av de vi hört som vill erkänna att de träffat honom efter det.

– Om ingen annan har träffat honom efter att han var på Stora Byrhult på torsdagen, så ser det ju inte så bra ut för Simon och hans syster.

– Har ingen större betydelse, tycker jag. Vem som helst av de andra trettio på vår lista kan ju ha träffat honom men bara inte velat tala om det.

– Ja, det var intressant att höra vad ni kommit fram till och du har rätt jag är nyfiken.

– Ja mig lurade du inte. Jag behöver väl knappast säga det till dig, men det du har hört här i förtroende måste ju stanna oss emellan.

– Självklart, vem tar du mig för?

Kapitel 28

Efter tips från Per-Olof Svensson har de två poliserna Yngve Bergholt och Alice Mäkinen fått i uppdrag att förhöra Peter Martinsson. Han föredrar att förhöret ska ske hemma hos honom klockan tio på förmiddagen. Därför ringer de nu på hans dörr till lägenheten på Kellgrensgatan. Peter öppnar redan på första signalen och de sätter sig i soffan i hans vardagsrum.

Det som de vet är vad Per-Olof har berättat om hans tidigare kompanjonskap med Lonfeldt och även om turerna kring när kompanjonskapet upplöstes.

Peter ser sliten ut och man kan ana att han har alkoholproblem. Ögonen är lätt rödsprängda, skjortan är skrynklig och det ser ut som om han har sovit i den. Just nu verkade han dock nykter så de slår på ljudupptagning på vanligt sätt och startade förhöret:

– Vi är här för att höra dig upplysningsvis om händelserna runt Oscar Lonfeldts död.

– Jag har inget med hans död att göra överhuvudtaget.

– Du är inte misstänkt för något men vi vill gärna höra om din relation till Lonfeldt. Ta det från början.

Peter tänder en cigarett och det syns att han funderar på hur han skall formulera sig och efter några extra sekunder säger han:

– För tolv år sedan startade jag ett eget företag som var inriktat på fastighetsskötsel för mindre fastighetsägare som inte var stora nog att ha egna fastighetsskötare. Jag hade jobbat med sådant tidigare men tänkte att jag skulle starta eget och det gick ganska bra från början och jag fick mycket jobb Till slut var det så mycket jobb hade svårt att hinna med allt själv men var rädd för att anställa. Jag saknade det kapital som behövdes för att det skulle gå lite enklare.

Den cigarett han nyss tänt är nu slut och han tar en liten paus för att fimpa och samtidigt fundera lite på hur han skall fortsätta.

– Jag hittade dock ingen bank som var villig att ge mig något lån. Jag hade gjort en hel del jobb åt Lonfeldt så jag frågade honom om han inte ville bli delägare i min firma mot att han sköt till ett kapital. Min tanke var att han skulle få tjugofem procent av firman mot att han sköt till en miljon. Han var intresserad men hade som krav att han skulle ha aktiemajoritet. Han var också villig att sätta in två miljoner för att få det. Dumt nog accepterade jag hans bud för jag tänkte att med hans många fastigheter och med sitt stora kontaktnät skulle firman kunna växa ordentligt. Firman gick mycket bra och på tio år hade vi en omsättning på hundra miljoner och gjorde stora vinster

Peter tänder ännu en cigarett, vilket får Alice att undra om han är kedjerökare, eller om han är nervös. Men Peter behöver pausen för att ordna sina tankar.

– Då inträffade det märkliga att i stort sett alla mina kunder dröjde med betalningarna och eftersom tillgångarna var låsta i fastigheter som vi köpt till firman och Oscar vägrade sälja så kom firman på obestånd. Oscar erbjöd sig då att köpa ut mig och överta hela firman Det var ett skambud, men jag hade inget val. Hade jag sagt nej hade firman gått i konkurs. Tillgångarna täckte skulderna flera gånger om men en konkurs hade ändå varit slutet för verksamheten så jag var tvungen att acceptera. Att kunderna inte betalade sina skulder var naturligtvis iscensatt av Oscar. Jag fick två miljoner för min andel som var värd minst tio gånger så mycket. Så Oscar Lonfeldt är skyldig till att jag sitter här i dag. Arbetslös och för gammal att starta något eget igen. Jag hatade Oscar och om jag fått en chans skulle jag mycket väl kunnat tänka mig att ha ihjäl honom, men som tur var fick jag aldrig någon chans.

Intressant berättelse, tänkte Alice han medger allt utom just att han har gjort det. Sedan frågade hon:

– När träffade du Lonfeldt senast?

– Jag sökte upp honom för en månad sedan. Jag tyckte att han kunde anställa mig som VD på min gamla firma och jag hotade också med att starta konkurrerande verksamhet om han inte gick med på det, men han bara skrattade åt mig och bad mig dra åt helvete. Sedan har jag inte sett röken av honom.

När förhöret avslutats och de båda poliserna lämnade Kjellgrensgatan sammanfattade Yngve det hela med:

– Den stackaren har allt haft otur så det räcker. Och nu har han problem med spriten, det kunde man se. Men särskilt misstänkt tycker jag inte han är. Hur skulle han kunnat få i Lonfeldt giftiga blad det kan jag inte räkna ut. Det mest sannolika är att han fått i sig skiten av misstag, så jag tycker att vi springer här i onödan.

– Ja, jag håller med dig, men det är inte vårt beslut att ta.

Kapitel 29

Av alla kollegor och arbetskamrater som Lennart Brorsson har haft under sina mer än fyrtio år vid polisen är framförallt Johan Rabinder, ställt utom all konkurrens, den som han tyckt allra sämst om. Rabinder är högfärdig, självgod, pedantisk, opålitlig, skvallrig, oärlig, slickar uppåt och sparkar neråt, kort sagt: en riktig skitstövel. Hur det nu gått till har han lyckats bli kommissarie, en position som han inte på något sätt är kapabel att uppfylla.

När Lennart slutade vid polisen var hans avskedsord till denna otrevliga kollega "jag kommer att sakna mycket från min gamla arbetsplats, men det ska bli jävligt skönt att slippa dig". De båda hade genom åren haft otaliga duster och antipatin var ömsesidig.
Lennart blev därför mycket förvånad när Johan Rabinder ringde upp honom.

– Jag har blivit informerad om att det var du som hittade liket av Oscar Lonfeldt.

– För en gång skull så har du rätt. Ja, jag hittade honom. Vad har du med det att göra?

– Jag kommer att ta över utredningsansvaret från Sture om någon vecka och jag tycker det finns en del frågetecken runt din roll i det här fallet. Bland annat har du visat ett stort intresse för utredningen. Vad har du för egna intressen i fallet? Kände du Oscar Lonfeldt väl? Varför har du varit på stationen flera gånger och försökt pumpa Sture på uppgifter som du inte har med att göra?

– Vad är det här för idiotfrågor? Vill du ha svar får du väl åtminstone hålla käft en sekund så jag kan klämma in ett svar emellan. På första frågan är svaret att jag inte har något intresse i fallet.

– På andra frågan, jag känner eller rättare sagt kände inte Oscar Lonfeldt överhuvudtaget.

– På tredje frågan, jag och Sture är gamla vänner. Sådana träffas ibland och om du haft några vänner hade du förstått vad jag menar.

– Orsaken till att jag ringer är att det är fler än jag som tycker att du uppträder som någon slags privatspanare. Jag har talat med åklagaren om det här och han håller helt med mig. Därför uppmanar och varnar jag dig härmed här och nu för att fortsätta med att lägga dig i. Det kan komma till rättsliga åtgärder om du inte gör som jag säger.

– Du är lika löjlig som du alltid har varit. Tror du att du kan skrämma mig med rättsliga åtgärder? Jag vet mycket bättre än du vad jag får och inte får göra i det här fallet. Jag har inte agerat som någon privatspanare och även om jag gjort det så finns det inga rättsliga åtgärder att vidta mot det.

– Om du uppträder som polis är det klart olagligt.

– Det har jag inte och det vet du. Så om du inte har något väsentligt att prata om så avslutar vi samtalet nu.

– Du ska ha tagit emot och förhört Simon Bergström i ditt hem. Vad säger du om det?

– Det har du inte med att göra. Jag tar emot vilka gäster jag vill
i mitt hem.

– Jag ska prata med åklagaren om din inställning så får vi höra
vad han har att säga om det.

– Ja, gå du till magistern och skvallra om du tror det kan gynna
dig. Adjö.

Och så tryckte han av samtalet.

Kapitel 30

De vita dagar som mamma Eivor tvingat sig till hade uppenbarligen gjort henne gott. Håret var tvättat och hon var både hel och ren är hon öppnade dörren för Terese.

– Nu ser du mycket bättre ut mamma, sa hon. Du skulle nog försöka leva ett nyktert liv även i fortsättningen, för ditt eget bästa.

– Från och med nu ska jag bara dricka på lördagar, sa Eivor.

– Det låter bra, hur har det gått med redogörelsen du lovade mig? Har du helt klart för dig hur det var.

Eivor plockar fram ett block där hon noterat ett antal stolpar för att få med allt som hon har tänkt säga.

– När jag träffade Oscar var jag ganska imponerad av hur rik och mäktig han var och min tanke var väl att det skulle vara ett riktigt kap för mig om jag kunde bli gift med honom. Jag var också ganska smickrad över att han var intresserad av mig. Vi hade ett förhållande som varade i tre månader. Han lovade mig aldrig uttryckligen att vi skulle gifta oss, men han gav ett intryck av att han skulle ta hand om mig. Du kan lita på mig, sa han ofta. Men det visade sig inte vara sant.

Hon kollar på sitt block och tar en blyertspenna och drar några streck över sådant som nu var sagt.

– När jag berättade för honom att jag var med barn så avslutade han vårt förhållande direkt. Han var riktigt otäck då. Att det var hans barn jag bar på ville han inte alls kännas vid. Han sa att han visste att jag hade andra vid sidan om, men det var inget han brydde sig så mycket om, men det kunde lika gärna vara någon av de andra av dina många bekanta som han sa.

Eivor stryker de sista raderna på sitt block och lägger det ifrån sig. Sedan tittar hon Terese rakt i ögonen och säger:

– Jag ska vara ärlig, jag kan inte garantera att det är han som är din far, men jag har alltid trott det för jag tyckte det var det mest sannolika. Som det är nu tycker jag inte du ska anlita en dyr advokat. Det kan sluta med att du blir skyldig stora pengar och det kanske i slutändan visar sig att jag trott fel. Jag är ledsen Terese men jag kan inte lämna några garantier.

Och så fick det bli. Terese ringde samma dag till advokaten och sa som det var. Hon kunde dock inte släppa tanken på alla de pengar som kanske hon hade arvsrätt till. Efter samtalet till advokaten ringde hon därför upp Sara Lönnfeldt och berättade vem hon var och helt sanningsenligt vad hennes mamma hade sagt. Hon sade också att hon fortfarande funderade på att starta en process där hon skulle hävda att det var hon som var arvsberättigad.

– Jag har hört att du ringt till Per-Olof Svensson. Om det är som du sagt så kan det ju vara så att vi är kusiner. Jag har inte så många innan och ingen jämngammal så jag tycker det skulle vara roligt om det är sant.

– Om jag påbörjar en sådan process kan den bli mycket utdragen i tid och i värsta fall för dig så vinner jag, säger Terese.

– Ja, om du tror att du är arvsberättigad så är du i din fulla rätt svarar Sara.

– Ett annat alternativ skulle kunna vara att vi gör upp i godo.
Vi skriver ett avtal där jag förbinder mig att avstå från allt arv
och som ersättning för det får jag en större summa pengar.

– Jag har inte ärvt något ännu sa Sara. Och jag vet inte om det
är riktigt moraliskt rätt att göra så. Om du är hans barn ska du
ju ha allt. Och om du inte är det ska du ju inte ha något alls. Jag
måste nog prata med någon om det här.

– Ja gör det och hör av dig när du funderat färdigt.

Kapitel 31

Det hade varit svårt för Alice och Yngve att få till ett förhör med Tony Persson. När de pratat med honom i telefon hade han sagt att han inte var mycket upptagen. När de ändå insisterat hade han till slut gått med på att komma in till stationen, men inte förrän nästa vecka. Någon timme innan han skulle komma hade hans sekreterare ringt och sagt att han har fått förhinder.

De hade därefter sökt honom på telefon många gånger utan att få tag på honom. Inte heller hade han ringt tillbaka. De hade därför bestämt sig för att söka upp honom på hans kontor utan att föranmäla sig. Där hade han vägrat att ta emot dem. Först när de meddelat att om han inte pratade med dem nu, så skulle uniformerade kollegor komma och hämta honom till polisstationen. Först då föll han till föga under många och ordrika protester.

Han var uppenbart nervös och stora svettfläckar spred ut sig i armhålorna.

– Jag måste protestera mot den här häxjakten. Jag ska tala med min advokat, för så här som ni håller på får man inte bära sig åt.

– Om du vill får du gärna ha med dig din advokat, men vi ville bara höra dig upplysningsvis. Du är alltså inte misstänkt för något i nuläget.

– Jaså vad gäller det då?

– Vi håller på med en utredning om omständigheterna runt Oscar Lonfeldts dödsfall. I det här skedet betraktar vi det som en tänkbar mordutredning. För att kommentera ditt klagomål så är det alltså mordutredning vi håller på med och det kan mycket väl uppfattas som störande för de inblandade, men det får man finna sig i. Om du är oskyldig finns det ingen anledning att inte samarbeta. Eftersom du strular så kan man ju undra varför.

Tony sitter tyst en stund som för att smälta informationen och det ser ut som om han slappnar av och blir betydligt lugnare.

– Strular, jag har väl inte strulat?

– Vad vill du kalla det då när du flera gånger uteblir från överenskomna möten och inte ens svarar på våra telefonsamtal. Vi har sökt dig och lämnat meddelande minst tio gånger. Det är strul för oss.

Plötsligt samarbetsvilligt men med en min som om han var utsatt för en oförrätt svarar till slut Tony.

– Ställ era frågor då så vi får det här ur världen.

– Oscar Lonfeldt hittades död söndagen den fjortonde juni. Träffade du honom något under de två veckorna före det?

– Nej.

– Var befann du dig under den perioden? Var du här i Borås eller i närheten hela tiden.

Tony blänger på Alice som ställt frågan och vänder sig mot sin dator, Efter lite mixtrande skriver han ut ett papper. Han lämnar detta till Alice och säger:

– Detta är ett utdrag ur min almanacka som visar var jag varit.

– Mestadels här i Västsverige, ser jag, säger Alice efter en stund. Du var i Hannover mellan första och femte juni ser jag. Det var sannolikt då Lonfeldt dog. Jag kan inte se någon anteckning alls om Oscar Lonfeldt.

– Ja, men jag sa ju att jag inte träffat honom.

– Vi lämnar det där säger Yngve. Jag frågar i stället om du känner till någon som skulle ha skäl eller önskemål att ta livet av Lonfeldt?

– Jag känner många som gärna skulle se honom död, men det är inget jag har lust att informera er om. Det har jag ingen skyldighet till.

– Du vill alltså inte hjälpa till med att få fast Lonfeldts mördare?

– Nej och jag vet inget som skulle kunna hjälpa er i det arbetet. Jag tycker att vi avslutar det här samtalet nu.

Så fick det bli. Även om både Alice och Yngve med glädje skulle ha grillat Tony lite ytterligare, så såg de inget skäl att fortsätta förhöret, De antecknade avslutningsvis att Tony Persson hade varit mycket ovillig att föra utredningen framåt. De lovade Tony när de gick att de sannolikt skulle återkomma längre fram.

Kapitel 32

På tredje våningen i polishuset har kommissarie Johan Rabinder kallat till möte. Det är hela den grupp som under Sture Magnusson tidigare arbetat med "fallet" Lonfeldt.

– Jag har kallat er hit för att informera om att jag från och med i dag tagit över efter Sture Magnusson som förundersökningsledare i förundersökningen om Oscar Lonfeldts död.

Ett missnöjt mummel hörs. Det som pratats om i korridorerna har blivit sant och nu befarar flera av dem att mordet aldrig kommer att klaras upp.

– Varför gör man detta byte? Dristade sig en äldre kriminalare att fråga.

– Sture Magnuson har fått ett nytt uppdrag med att leda en ny grupp som ska motarbeta organiserad brottslighet och gängkriminalitet.

– Flera av er kommer att från och med i morgon att flyttas över till Stures nya grupp. Fyra kommer att vara kvar och det är Alice, Yngve, Albin och Lisa.

De fyra namngivna har svårt att se glada ut, medan de som fått byta arbetsgrupp ser desto nöjdare ut. Den allmänna uppfattningen i korridorpratet när man hört ryktet om det som nu besannats var, att nu kommer vi aldrig att komma till någon lösning i Lonfeldt-fallet.

– Jag vill att ni som inte ska vara kvar här längre lämnar över allt ert material till de som är kvar. Ni får klara av det i dag. Ni fyra som är kvar arbetar vidare enligt de riktlinjer som Sture dragit upp. Men med ett tillägg: Till listan över de personer som ska kartläggas ska ni lägga till vår före detta kollega Lennart Brorson. Han har visat ett onormalt intresse för fallet och den tillfällighet han påstår att det var, att han hittade liket, verkar minst sagt märklig. Yngve och Alice får ta till sig detta.

Alice och Yngve tittar undrande på varandra. De verkar ha svårt att smälta det de just hört.

– Är det verkligen meningen att vi ska förhöra Lennart Brorsson som misstänkt för att ha dödat Lonfeldt?

– Nej ni ska bara förhöra honom upplysningsvis. Jag har själv haft ett samtal med honom och han var mycket ovillig att samarbeta. Man kan bara undra varför.

– Men vi har ju redan ett protokoll från ett sådant förhör som Sture har gjort.

– Det har tillkommit mycket efter det förhöret som att han visat ett onormalt intresse och även förhört olika personer som finns med i utredningen. Bland annat Sara Lönnfeldt som ju av allt att döma kommer att vara kronarvinge.

– Jamen vi talar ju om en gammal kollega som har hittat ett lik i skogen, säger Alice. Det hade väl varit ännu märkligare om han inte varit intresserad. Han var ju med och löste ett antal mordfall under sin aktiva tid och var en mycket kompetent polis. Det begriper ju alla som någonsin varit polis att man gärna vill vara med då. Jag tror att alla vi här som känner Lennart håller med mig.

Ett instämmande mummel hördes från de flesta i lokalen och det syntes tydligt på Johan Rabinders ansiktsuttryck att han inte uppskattade deltagarnas synpunkter.

– Nog tjafsat om vilken fin människa Lennart Brorsson är. Nu gör vi som jag har bestämt och jag vill inte höra några mer kommentarer om det.

Den äldre kriminalaren som tidigare ställt frågan om varför förundersökningsledare bytts höjde återigen en hand.

– Får jag säga en sak?

– Ja men fatta dig kort.

– Det är allmänt känt här i huset att du och Lennart Brorsson är ovänner. Din order att han ska betraktas som misstänkt är dels horribel och dels är det uppenbart att du gör detta enbart för att ge igen för gamla tvister. Jag kommer att ta upp detta med polismästaren. Jag går i pension senare i år så du kan inte komma åt mig. Men jag tycker att du borde skämmas.

Rabinder blir illröd i ansiktet och munnen öppnas och stängs ett antal gånger innan han till slut får fram:

– Du kan lämna rummet omedelbart, ni kan alla gå förresten.

Kapitel 33

Det har nu gått en lång tid sedan Oscar dog och det verkar inte som om polisen har några egentliga spår. Vid de få tillfällen jag pratat med dem så är de inte allt för frikostiga med information om vad de har fått fram, så det är svårt att förstå var de står och om det finns någon anledning för mig att vara orolig. De har haft en hel del frågor, men inget tyder på att jag skulle vara misstänkt.

Den gamle förundersökningsledaren har blivit utbytt och vad jag hört skvallervägen så tycker hans kollegor att den nye är en betydligt sämre polis än den förre och det kan väl också vara bra.

Jag blev uppringd av den nye förundersökningsledaren som trots att han pratade oavbrutet i tjugo minuter, inte hade något konkret att meddela överhuvudtaget, mera då än att de blivit informerade om att Oscar använde olika växter som naturmedicin bland annat. Och att det då inte kunde uteslutas att förgiftningen varit en självförvållad olyckshändelse.

Oscar hade så många ovänner som säkert önskade livet ur honom så det är inte konstigt att utredningen tar tid om de ska kontrollera alla dessa Det verkar inte alls som om jag är en möjlig gärningsman i deras ögon. Det låter mest som om de skulle vilja hitta bevis för att det var en olyckshändelse. Det är ju bra att de fått veta att Oscar brukade experimentera med lite naturmediciner.

Den nye förundersökningsledaren verkar vara angelägen om att komma till ett avslut. Att avskriva det som en olyckshändelse är ju också ett avslut.

Jag trodde ju inte att de ens skulle kunna upptäcka att han fått i sig blad från fingerborgsblomma. Den har ju använts i århundraden som hjärtmedicin men då i mycket små mängder, så jag var ju inte säker på om det jag lade i hans örtblandning skulle räcka för att ta livet av honom.
Jag vet ju inte heller om de kommit på att han fick i sig giftet den vägen, så om de inte vet det är risken liten att de ska kunna räkna ut hur det gått till och det går ju inte heller att bevisa att det är jag som gjorde det.

Jag är förvånad och till och med stolt över mig själv. Dels att jag vågade göra det jag gjorde och dels att jag totalt saknar ånger för detta. En människa som gjort så mycket ont och som skadat så många andra är svårt att känna någon empati för, inte ens nu när han är död
.

Han fick precis det han förtjänade. Jag vet inte om han direkt tagit livet av någon människa, men om det hade varit nödvändigt för honom skulle han inte ha tvekat. Jag vet åtminstone en som tagit livet av sig på grund av honom. Jag vet också flera andra som blivit ruinerade på grund av honom. Det har jag själv hört honom skryta om. Om någon annan mördat honom tidigare så hade jag förmodligen tyckt att så kan man väl ändå inte göra, men när jag själv blev utsatt, blev behovet att försvara sig större än alla moraliska betänkligheter.

Kapitel 34

Yngve Bergholt och Alice Mäkinen var ofta lyckosamma i sitt förhörsarbete. Många gånger hade deras motparter kommit på sig med att ha sagt alldeles för mycket. En del berodde det på den vänskapliga och förtroliga attityd de hade gentemot förhörsoffren.

I dag skulle de ha en pratstund med snickaren Christer Johansson som enligt uppgift från P O Svensson hade haft en konflikt med Oscar.

Christer verkar nervös, han tuggar energiskt på ett tuggummi och han verkar ha svårt att hitta något att fästa blicken på. Efter den inledande proceduren startade Alice med att säga.

– Vi vill prata lite grand med dig om omständigheterna kring Oscar Lonfeldts död. Det betyder att du i nuläget inte är misstänkt för något brott. När träffade du Lonfeldt senast?

– För cirka en månad sedan. Vi träffades på hans kontor för att diskutera några fakturor som jag skickat.

– Vad var det för sorts diskussion? Var ni oeniga om något?

– Han tyckte att jag hade fakturerat för mycket för en del jobb jag gjort.

– Men det tyckte inte du, eller?

– Nej.

– Var det så att du hotade Lonfeldt på det här mötet?

– Nej, det gjorde jag inte, det var ett lugnt samtal där vi hade olika synpunkter bara.

– Enligt ett vittne var det långt ifrån något lugnt möte Det sägs att det var nära att sluta med våldsamheter.

– Det kan väl hända att man höjer rösten ibland när man tycker någon är orättvis, men några våldsamheter var det alls inte.

Yngve och Alice växlade en snabb blick som tycks säga att de är överens om att här ska det borras djupare.

– Vad exakt handlade oenigheten om?

– Oscar ville helt enkelt inte betala mina fakturor.

– Hur mycket pengar handlade det om?

– Det minns jag inte exakt.

– Du behöver inte vara exakt, men handlade de om några tusen eller var det mer än hundra tusen?

– Det var mer.

– Var det flera hundra tusen?

– Jag var villig att dra av en del så jag vet som sagt inte exakt.

–Men från början var dina fakturor på flera hundra tusen. Alltså hur mycket ungefär?

– Tre hundra tusen.

– Och hur mycket betalade Lonfeldt då?

– Ingenting. Men det är inte klart ännu. Jag har fått löfte att de ska betalas nu.

– Varför har du inte gått till kronofogden med din fordran?

– Jag hade tänkt göra det men det har inte blivit av ännu.

– Är det inte så att Lonfeldt hade någon form av hållhake på dig som gjorde att du inte kunde driva in din fordran?

– Nej absolut inte, vad skulle det vara?

– Det är vi som frågar oss varför du är så flat när det handlar om så mycket pengar. Det måste väl vara mycket kännbart för dig som egenföretagare när en så stor fordran inte blir betald, eller hur?

– Hade jag gjort det hade jag naturligtvis inte fått några mer jobb från Oscar och han har också väldigt stort inflytande på många i branschen. Men jag skulle ha gått till kronofogden i denna vecka hade jag tänkt mig.

– Har Lonfeldt varit hemma hos dig någon gång?

Christer svarade först inte, utan tittade undrande på de båda förhörsledarna. Till slut säger han.

– Jag har aldrig träffat honom hemma hos mig.

– Det var ett underligt svar. Har Lonfeldt varit hemma hos dig när du inte varit hemma menar du?

– Det kan väl inte jag veta.

– Nu får du förklara dig. Menar du att han gjort inbrott hos dig eller vad?

– Det är så att min sambos mamma har ett förhållande med Oscar och därför är han också bekant med min sambo. Jag vet att hon kände honom genom sin mamma och att hon träffat honom vid något tillfälle.

– Vad har de träffats om då?

– Hon sökte upp Lonfeldt vid ett tillfälle för att försöka få honom att betala mina fakturor.

Det fortsatta förhöret gav inte så mycket mer. Christer vägrade envist att erkänna att det fanns någon hållhake, men de båda poliserna noterade med stora bokstäver att, det nu var dags att gå till kronofogden när inte Lonfeldt längre var i livet.

Kapitel 35

Man kan tycka att det är underligt men nu när Oscar är borta tillbringar Per-Olof mer tid på sin arbetsplats än han någonsin gjorde när Oscar levde. I kväll har han bestämt att Sara skulle titta in för en liten pratstund.

– Har du hört något nytt från polisen om hur det går med utredningen? undrade Sara.

– Nej, inte något alls. Det verkar som om de bytt förundersökningsledare. Jag ringde Sture Magnusson för att fråga hur det gick, men han sa att han inte längre hade hand om fallet. Han hade fått andra arbetsuppgifter och en kommissarie som heter Rabinder hade tagit över. Men han var inte anträffbar så jag vet inget mer. Och något testamente har inte heller dykt upp, så det lutar mer och mer åt att det blir du som ärver.

– Jag är inte så säker på det. Det är ett av skälen till att jag ville träffa dig här i kväll. En ung kvinna som heter Terese Hillman ringde mig. Det är väl samma som ringde dig för någon vecka sedan?.

– Jo, det stämmer. Vad ville hon då?

– Hon var mycket öppenhjärtig. Hennes mor har i alla år sagt att det är Oscar som är hennes far, men att han inte erkänt faderskapet. Hon har aldrig träffat Oscar men känner till att han var en rik man. Hon säger att hon funderar på att starta en process men att en sådan kostar mycket pengar och om hon ändå till slut inte skulle vinna så får hon sin ekonomi helt förstörd. Men har ännu inte riktigt bestämt sig och undrar hur jag skulle ställa mig till en eventuell uppgörelse.

– Det låter som en bra idé förutsatt att hon har rimliga krav.

– Men hon kan ju vara min kusin. Jag har aldrig haft någon jämnårig kusin förut. Och om hon är det så är det ju hon som ska ärva Oscar. Det verkar inte rätt om hon inte får det bara för att hon inte har råd att driva en process.

Per-Olof kan inte låta bli att fnysa.

– Du har verkligen inte mycket av de gener i dig som kan påminna om att du är släkt med Oscar. Vad har hon för moralisk rätt att ärva en man som hon aldrig över huvud taget har träffat enbart för att hennes mamma kommer med ett påstående? Hon har väl säkert en gång i tiden försökt fått Oscar att erkänna faderskapet men misslyckats då. Så sannolikheten för att hon skulle ha rätt är väl ganska liten?

– Vad tycker du att jag ska göra då?

– För det första är det inte klart att du verkligen ärver. Så det är inte förrän det är klart som det kan bli aktuellt med att skriva ett avtal. Men sedan tycker jag att vi kollar vad hon har för krav. Om de är rimliga startar vi en förhandling med henne.

– Det verkar så kallt och affärsmässigt.

– Sådant kommer livet att bli för dig om du ärver. Så det är nog lika bra att du vänjer dig så fort som möjligt. Man kan säga och tycka vad man vill om Oscar men han har skapat ett nätverk av olika verksamheter. Man kan kalla det en koncern. Många människor har sin försörjning i den här koncernen och du kommer att få ett ansvar för att de kan fortsätta att få det. Du måste med andra ord bli mer affärsmässig.

– Är jag verkligen rätt person att ta den rollen? Jag vet inte om jag verkligen vill det.

– Du är en intelligent ung kvinna och jag är övertygad om att du kommer att växa in i den rollen med tiden. Dessutom kommer du att ha massor av människor runt dig som du åtminstone till en början kan ta råd av. Jag är också övertygad om att du verkligen kommer att älska det här jobbet när du blivit varm i kläderna.

Kapitel 36

I lunchmatsalen högst upp i polishuset råkade Sture Magnusson och Alice Mäkinen hamna vid samma bord.
De är goda vänner då de båda jobbat vid Borås-polisen i tjugofem år tillsammans. Men nu har de inte träffats sedan Sture lämnade över utredningen om Oscar Lonfeldt. Efter lite allmänt prat om väder och vind kom samtalet in på det som oftast sysselsatte deras hjärnor, nämligen pågående utredningar.

– Hur går det med Lonfeldt-fallet, undrade Sture.

Oss emellan är Rabinder en riktig krokodil. Han pratar en fruktansvärd massa strunt och lyssnar aldrig själv.

– Krokodil?

– Ja stor käft och små öron, det måste du väl ha hört någon gång?

– Nej, den var ny för mig.

– Nu säger han att det snart är dags att lägga ner förundersökningen. Han säger att det är uppenbart att det är ett olycksfall och för en gångs skull tror jag att han har rätt, men för hans del beror det mest på att han inte vill hålla på med något som drar ut på tiden och inte ger något resultat. Dessutom försöker han hela tiden att få det till att Lennart Brorsson på något sätt skulle vara inblandad.

– Rabinder har definitivt hamnat på ett jobb som han inte skulle ha, men jag antar att ni inte kommer att låta honom sluta innan ni är klara.

– Jo, så är det.

– Jag vill minnas att du och Yngve förhörde en kille som heter Tony Persson som hade en del affärer ihop med Oscar Lonfeldt.

– Du minns rätt, en osympatisk stöddig liten fetknopp. Vi hade svårt att få till ett samtal med honom och det gav inget heller.

– Hans namn har dykt upp i samband med det jag håller på med nu, sade Sture. Men jag vill inte ta in honom för förhör ännu. Det är bäst att han inte vet att vi är intresserade av honom.

– Jag minns att han var riktigt nervös i början, men när vi informerade om att det var Oscar Lonfeldt vi ville prata om så var det som om han slappnade av. Jag fick intrycket att han var nervös för att vi skulle ha något annat ärende som han absolut inte ville tala om. Det kanske inte är av något intresse, men när vi frågade var han var när Oscar försvann så fick jag ett utdrag från hans almanacka för hela maj och juni. Den kan du få av mig om du är intresserad. Den visade att han var bortrest när Oscar dog, men eftersom han blev förgiftad kan ju giftet ha blivit placerat tidigare.

– Minns du vad han hade för alibi för tiden när Lonfeldt dog.

– Jag vill minnas att han var i Hannover några dagar eller så.

– Inte Marocko då?

– Nej, det tror jag inte, men jag kanske minns fel, du får se själv. Jag skickar över almanackan med internposten i eftermiddag.

– Toppen den vill jag gärna ha. Då kan jag ju se var han har varit under en period vi är väldigt intresserade av. Oss emellan är det enda vi har på honom att han haft ett antal möten med Roland Nastic, en av oss välkänd person, som vi ganska säkert vet, är inblandad i en stor kokainaffär. Det är en jätteutredning där flera olika länders poliser är inblandade. Vi söker efter någon med mycket kapital som har finansierat den här affären, som vi inte hittat ännu. Tony Person skulle mycket väl kunna vara den mannen.

– Han satsar ju pengar på väldigt olika saker vad jag har förstått men jag trodde inte att han var inblandad i sådana affärer. Har han varit det tidigare som du vet? säger Alice.

– Nej, det finns inget sådant på honom tidigare, så vi kanske är fel ute. Men vad skulle han ha att göra med en kille som Nastic annars, det kan man undra? De kan ju knappast ha träffats i Rotary eller något liknande nätverk.

Kapitel 37

För första gången på många år har Irma och Lennart tagit sig ut för att delta i midsommarfirandet på Hofsnäs. Det har varit mycket dragspel och grodhoppande för den yngre generationen. Det ser ganska lustigt ut lite så här på håll när man inte behöver vara med och hoppa själv. I unga år med små barn var man så illa tvungen att vara med, så gick det 25–30 år och sedan fick man hoppa med barnbarnen i stället, men nu var det som sagt färdighoppat.

När de står där ser de Sara och Simon tillsammans med en man i 40-årsåldern. De går fram och hälsar och presenterar sig också för mannen i deras sällskap, som säger sig heta John Karlsson. De pratar lite om midsommarfirandet men efter en stund vänder sig John Karlsson till Lennart. Han ber om ursäkt om Lennart tycker att han lägger sig i och han verkar lite nervös. Lennart undrar varför, eftersom han aldrig sett honom förut. Till slut kommer han fram med sitt egentliga ärende.

– Sara talade just om för mig att du är kriminalpolis.

– Har varit. Numera är jag pensionär.

– Men jag hörde att du arbetade med utredningen av Oscar Lonfeldts död och jag tänkte att jag skulle berätta det jag känner till om den mannen.

– Ja säger Lennart. Det var jag som hittade honom i skogen och som gammal polis får jag väl erkänna att jag liksom har en inbyggd nyfikenhet i kroppen. Man jag har inte något med utredningen att göra så om du har väsentlig information att komma med tycker jag att du ska vända dig till polisen i Borås.

– Nej jag har ingen egentlig information om vad som hänt
Lonfeldt, men jag kände till honom väl och ville gärna berätta
vad han var för en människa. Man ska ju egentligen inte tala
illa om de döda, men för Oscar Lonfeldt, gör jag gärna ett
undantag. Han var ondskan personifierad och formligen njöt
när han kunde ställa till sorg och elände för andra. Det sägs att
det inte finns några människor som är helt igenom onda, men
det är precis vad Oscar Lonfeldt var.
Så här var det:

När jag var sex år blev min far arrendebonde på en av Oscar
Lonfeldts mindre gårdar. Han var ju en stor jordägare med ett
tiotal gårdar som alla var utarrenderade. Jag tror inte mina
föräldrar då hade någon bestämd uppfattning om Oscar
Lonfeldt, mer än att han var en förmögen man som vi som
arrendebönder var helt beroende av. Därför tyckte de inte det
var något konstigt när Lonfeldt vid ett tillfälle kom och frågade
om jag inte skulle kunna ta hand om ett par kaninungar och
föda upp dem. Jag uppfattade det som att jag skulle få
kaninerna. Kaninerna blev mina bästa vänner och jag matade
dem och lekte och gosade med dem varenda dag. Det gick ett
halvår och jag hade fått ett säkert löfte av min far att det inte
skulle bli aktuellt att slakta och äta upp kaninerna. Både mor
och far hade fått äta mycket kaninkött under kriget och det var
inget de ville ha om de kunde slippa.

En dag kom emellertid Lonfeldt hem till oss för att inkassera
arrendeavgiften. Jag satt ute vid mina kaniner när han skulle
resa. Jag hade just lyckats dressera den ena av dem till att
hoppa genom en ring, något som jag gärna stolt visade upp. Ja,
men det var ju bra, sa Lonfeldt, men nu tar jag med mig mina
kaniner hem för att slaktas.
Min far hörde detta och jag såg hur han svartnade i synen och
kunde inte låta bli att protestera.

– Men du har ju gett kaninerna till pojken, sa han, så kan du väl inte göra?.

– För det första ska du inte tala om för mig vad jag kan göra och för det andra är jag inte du med dig, din förbannade bonnläpp, fräste Lonfeldt.

Min far hade ett hett temperament och hade ibland svårt att behärska sig när han blev arg, Det kom till ett riktigt handgemäng, inte så allvarligt för all del, mest några knuffar, men Lonfeldt var rasande när han for därifrån. Nästa dag kom två av hans drängar, två riktigt stöddiga karlar och de tog med sig mina kaniner utan att säga ett ord.

Därefter följde en tid då vi utsattes för allehanda trakasserier som att stora stenar lades ut på den körväg vi hade och att några familjer i samhället som vi brukade sälja ägg till inte längre villa handla av oss. Sedan höjdes arrendet till det tredubbla och då var det inget annat för oss att göra än att flytta.

– Det var den historia jag ville berätta för dig eftersom jag vet att väldigt många här var rädda för Oscar Lonfeldt och inte ens när han är död skulle våga säga vad han egentligen var för en man, slutade han.

– Tack för att du berättade, Lonfeldt var tydligen en ganska komplicerad människa.

Irma som stått vid sidan och lyssnat och när de lämnat sin plats för att åka hem säger hon:

– Jag tycker det var en förfärlig historia, hur i hela världen kan en vuxen människa vara så elak mot en sjuåring? Jag riktigt ryser när jag tänker på vad han berättade.

– Ja, det är det minsta man kan säga. Låter som en riktig skitstövel. Men det har väl egentligen inget med hans död att göra så jag tror jag behåller det för mig själv. Hade Sture varit kvar som förundersökningsledare hade jag nog gjort det, men den där Johan Rabinder pratar jag inte med mer än vad som är illa tvunget.

I bilen tillbaka mot Borås och Liljeberget sade Irma helt apropå:

– Förresten märkte du att Sara är gravid.

– Nä det såg jag inte. Hur kunde du se det? Är du helt säker?

– Jodå, vi kvinnor har våra kännetecken, sa Irma med ett lite småleende.

Kapitel 38

Yngve Bergholt var sjuk. Han hade drabbats av förkylning och var verkligen dålig. Han hade ringt in och sjukanmält sig och han hade också ringt sin kollega Alice och berättat hur det var. De hade planerat ett förhör under dagen så hon fick ta hand om det ensam. Alice som var måttligt imponerad av Yngves lidande sa ändå att hon hoppades att han skulle vara tillbaka om några dagar.

– Vi får väl se hur det går sa Yngve dystert, just nu känns det som om det kan gå hur som helst.

– Jag tror nog du klarar dig, du är ju ung och frisk. Jag får väl se om jag kan hitta någon annan kollega som är ledig för att vara med när jag förhör Berit Holmkvist i dag.

Berit Holmkvist var mycket nervös. Det syntes för en van förhörare att hon var mycket obekväm med situationen.

– Jag har aldrig i hela mitt liv varit utsatt för ett sådant här förhör och jag tycker det är mycket obehagligt, började Berit när de nätt och jämt hunnit sätta sig.

Alice börjar med att förklara varför Berit är kallad till polisstationen.

– Du är med andra ord inte misstänkt för något så du behöver inte vara orolig för det här, sa Alice. Men vi tar det från början. Hur kände du Lonfeldt och hur träffades ni?

– Vi träffades första gången för drygt fem år sedan hos en gemensam bekant. Vi pratade en del och så var det inte mer. Men dagen efter ringde han och bjöd ut mig på middag. Och därefter träffades vi då och då, oftast kanske ett par gånger i månaden. Sedan fick jag uppdrag att hjälpa honom vid olika representationstillfällen. Det kunde vara middagar men även andra affärssammanhang. Det var runt om i Sverige, men också vid några tillfällen utomlands. Jag är ganska duktig på språk och talar engelska, franska och tyska, så han tyckte väl det var passande. Själv tyckte jag att det var ganska spännande att få ta del av hur stora affärer bedrevs.

– Var du avlönad under de här uppdragen?

– Inte direkt, Oscar erbjöd mig skuldebrev som löpte med 20 procents årlig ränta i stället för direkt lön.

– Tänkte du aldrig på att det var förtäckt lön som du måste deklarera?

– Va, nej, jag fick ju bara en bit papper så det är väl först när jag löser in dem som jag eventuellt måste deklarera dem. De var ju heller ingen riktig lön. Jag såg dem mest som presenter från honom.

– Vad tyckte du om Lonfeldt?

– Jag vet att han hade många fiender och många tyckte mycket illa om honom, men jag såg kanske en annan sida av honom när han så att säga hade garden nere och jag kom att uppskatta honom. Han behandlade mig också väldigt väl.

– Hade du ett intimt förhållande med Lonfeldt?

– Ja, det får man väl säga, inte så passionerat kanske. Mest som att två äldre människor träffas utan några krav på varandra. Vi sov ganska ofta över i varandras lägenheter så det var väl lite mer än ett löst förhållande, men vi var ändå inte riktigt sambo.

– Jag förstår på dig att du ännu inte löst in några skuldbrev, är det rätt och i så fall varför?

– Jag pratade med Oscar om det men han sa, du behöver väl inga pengar, jag betalar ju allt för dig.

– Gjorde han det?

– Kanske inte riktigt, men jag bodde i en av hans lägenheter utan att betala hyra och så fick jag något han kallade ett underhåll för att täcka mina behov. Inga stora pengar men ändå. Och så har jag ju mitt arbete på kommunen så jag klarar mig bra. Det hade han ju rätt i.

– Så det var ingen konflikt i att han inte ville lösa in skuldsedlarna.

– Han sa på skoj att skulle de lösas in, så var det över hans döda kropp. Jag antar att han menade att jag skulle få loss dom när han var död. Ett sorts testamente.

– När träffade du Lonfeldt sista gången?

– Det var på fredagskvällen veckan innan han hittades. Vi åt middag tillsammans.

– Var någonstans och vad åt ni?

– Vi åt hemma hos mig. Det var jag som lagade maten. Lövbiff med stekt potatis, bearnaisesås och grönsallad.

– Gjorde du salladen också?

– Ja visst.

– Var det några udda grönsaker med i salladen?

– Nej, det var tomater, gurka, oliver och kinakål. Men det lustigt att du frågar för Oscar hade pippi på blanda i alla omöjliga sorters skott och växter i sallad som han gjorde. Han var något av en botanist med stora kunskaper om läkeväxter. Han gjorde egna läkemedel av växter som han läst sig till i gamla recept.

– Vadå för läkemedel?

– Till exempel sömnmedel. Han kokade egen hudkräm och en massa annat.

– Vet du om han använde fingerborgsblomma i någon av sina produkter?

– Ja faktiskt, han bekymrade sig för sitt hjärta och han hade gjort en lugnande hjärtmedicin som han använde ibland. Den innehöll digitalis men i väldigt små doser. Han var medveten om att den var mycket giftig.

– Vet du om han tog denna medicin vid den här tiden?

– Nej, jag tror inte det. När han kände av sitt hjärta så pratade han inte om annat än det. Som alla karlar var han väldigt pjoskig med sin egen hälsa. Men han nämnde inget om den sista gången vi träffades.

Jojo, tänkte Alice. Att karlar är pjoskiga om sin hälsa finns det många exempel på.

– Den här fredagskvällen, sov han över hos dig då?

– Nej, han åkte till sin egen lägenhet här i stan, han skulle ha besök av någon på förmiddagen.

– Av vem då?

– Jag är ledsen, men det vet jag inte.

– Talade han om det och du har glömt det eller ville han inte säga det?

– Han talade bara inte om det och jag frågade inte. Han träffade så många människor på olika tider, så det var inget konstigt med det.

Eftersom frågan är viktig försöker Alice pressa Berit att komma med ett svar eller åtminstone en gissning, men det är uppenbart att hon inte vet.

– Hur kom din dotter överens med Lonfeldt?

– Inte så bra, när vårt förhållande startade för fem år sedan var hon riktigt upprörd och krävde att jag skulle avsluta det genast. Men det gjorde jag ju inte och då valde hon att flytta hemifrån. Jag har ett gott förhållande till min dotter men hon och Oscar gick inte ihop alls.

– Vet du om de träffades någon gång den senaste tiden?

– Ja, jag vet att hon sökte upp honom för att få honom att betala en skuld till hennes sambo. Men det slutade bara i att de stormskällde på varandra. Så hon hade ingen framgång med sitt försök.

Efter avslutat förhör ringer Alice upp Yngve och redogör för vad som sagts. De är överens om att en doseringsolycka mycket väl kunde ha orsakat Lonfeldts död.

– Hur mår du annars nu då, har du blivit något bättre?

– Nej tyvärr, jag har jätteont i halsen och så har jag feber också.

– Stackars dig, hur mycket feber har du då?

– Trettiosju och nio.

Kapitel 39

Tony Persson har haft ganska svåra tider ett tag nu. Alltsedan han skickade 40 miljoner till Turkiet har livet blivit mycket krångligare. Det är ebb i kassan. Han fick sälja en hel del bra grejor för att få ihop de fyrtio men fick också skjuta till hela sitt rörelsekapital. Att driva den verksamhet han gör är inte lätt utan rörelsekapital. Det är löner, hyror och alla andra levnadsomkostnader som måste betalas. Han vill inte, men han är förmodligen tvungen att sälja ytterligare ett par riktigt bra projekt. Det är detta han våndas med när hans sekreterare kommer in och säger att polisen står utanför och vill tala med honom.

– Inte nu igen, säger han. De har väl mer dumma frågor om Oscar antar jag, han har ju varit död länge nu och jag har inget mer att säga. Säg att jag är upptagen och inte blir ledig på flera timmar.

Efter en stund kommer sekreteraren tillbaka och säger att de inte ger sig.

– Tar du inte emot dem nu så kommer uniformerad personal att hämta dig till förhör, säger hon.

– Då får de göra det, säger Tony, det vågar de inte. Be dem dra åt helvete.

Men tänk det vågade de. Trettio minuter senare blir Tony hämtad av två uniformerade poliser. Insatt i en polisbil och körd till polishuset där kommissarie Sture Magnusson väntar på honom.

– Detta är ett övergrepp, ryter Tony när Sture presenterat sig. Jag säger inte ett ord till dig innan min advokat är här.

– Varsågod, här har du en telefon, säger Sture. Du kan ringa efter vem du vill. Tills han kommer hit får du vänta här.

Tony tar telefonen och ringer en advokat som han brukar anlita. Turligt nog har han möjlighet att komma till polishuset men det kommer att ta ett par timmar.

– Då får vi vänta tills han kommer, säger Sture. Du kan sitta kvar här så återkommer jag när han är här.

– Är du inte klok? Jag har sagt allt jag har att säga om Oscar Lonfeldt, det har jag tydligt informerat dina kollegor om när de var och trakasserade mig senast.

– Nu handlar det inte om Lonfeldt, säger Sture. Nu är det en helt annan sak. Men vi tar väl det när du har din advokat här.

– Skit i honom och tala om vad det handlar om i stället.

– Så vi kan starta förhöret då?

Tony slits mellan sin nyfikenhet och rädslan att han ska säga något han ångrar, men till slut vinner nyfikenheten.

– Ja.

Sture kallar in en kollega och när denne satt sig startar han inspelningen och talar in följande startmeddelande:

– Förhör hålls med Tony Persson, misstänkt för samverkan i ett försök att smuggla in 500 kilo kokain i landet.

Sedan sätter han sig ner på andra sidan bordet och spänner blicken i Tony, som sitter med gapande mun och med tankarna rusande genom huvudet. Mina 120 miljoner är de borta eller vad är det för smuggling han pratar om? Är det verkligen vårt säkra projekt, eller kan det vara något annat? Han blir illamående och är nära att spy när han till slut inser konsekvenserna av det han just hört.

– Ja, där hörde du ju vad det handlar om. Misstankegraden är av den svagare arten så sannolikt kommer du att släppas efter förhöret.

– Men vad skulle det vara för samverkan som jag misstänks för?

– Tidigt i morse stoppades en långtradare som kommit från Turkiet via Öresundsbron till Malmö. Denna visade sig innehålla ett av de största beslagen som vi gjort i Sverige, 500 kilo kokain. Vi har i samarbete med internationell polis följt denna transport länge. Vi har också gripit den misstänkte huvudmannen för smugglingsförsöket. Han heter Roland Nastic. Är det någon du känner?

– Nej.

– Är du riktigt säker?

– Jag hade en klasskamrat på Teknis en gång som hette Roland och med ett jugoslaviskt efternamn, kan det möjligen vara han?

– Det kan det mycket väl vara, när träffade du honom senast?

– Ja, det är säkert tjugofem år sedan.

– Konstigt, säger Sture och lämnar över ett fotografi som visar Roland och Tony sittande på var sin sida bordet och smuttande på var sin drink. Detta är taget på Grand Hotell 25 februari i år.

– Jag säger inget mer innan min advokat är här, säger Tony.

Och så fick det bli. En och en halv timme senare har advokaten anlänt. Efter att denne har blivit insatt i vad det handlar om och fått lyssna på det som spelats in kan förhöret fortsätta.

– Nå, hur förklarar du att vi har kunnat ta ett fotografi på dig tillsammans med en person som du inte träffa på tjugofem år?.

– Det mötet hade jag helt glömt. Det varade bara några minuter.

– Nu är det så att vi har haft spaning på Nastic i mer än ett halvt år. Enligt rapport från den som bevakade er varade samtalet i en timma och tjugotre minuter. Vad handlade detta långa samtal om?

– Det kan omöjligt ha varit så långt, vi pratade bara om gamla kamrater på skolan och om minnen därifrån.

– Och ni har inte träffats någon mer gång?

– Inte vad jag kan minnas.

– Då kan jag friska upp ditt minne med att ni hade ett möte en vecka senare på samma plats. Därifrån åkte ni båda sedan i samma bil. Pratade ni om gamla skolminnen då också?

– Jag minns inte, men förmodligen ja.

Sture bläddrar lite tankfullt i sina papper och Tony för en viskande diskussion med sin advokat. Till slut fortsätter Sture förhöret med att fråga:

– Har du nyligen varit i Marocko?

– Jag tänker inte svara på den frågan, säger Tony. Och jag har för övrigt inte några kommentarer till fler frågor.

– Du är ju i din fulla rätt men jag hoppas du inser att det förhållningssättet innebär att misstankarna mot dig stärks och även min övertygelse om att det är du som finansierat det här smugglingsförsöket.

Tony svarar inte på detta och inte nästa fråga heller, han sitter tyst en bra stund, tills advokaten till slut säger:

– Det är kanske lika bra att vi avslutar det här förhöret nu. Jag förutsätter att min klient inte kommer att bli häktad.

– Vi får se, jag ska ha ett snabbt möte med åklagaren, så ni får vänta här.

Efter tio minuter är han tillbaka med besked.

– Nej någon häktning är inte aktuell just i dag så vi avslutar nu då. Men som en kommentar kan jag säga att du står högt upp på listan över misstänkta.

Kapitel 40

Äntligen en bra nyhet. En liten notis långt inne i dagens Borås Tidning meddelar att polisen lagt ned förundersökningen om Oscars död. Man har kommit fram till att det var en självförvållad olyckshändelse där han genom att experimentera med egna naturmediciner har fått i sig giftiga växtdelar från fingerborgsblomma. Någon misstanke om att det skulle föreligga något brott finns inte längre.

Jag kan inte säga att jag varit särskilt orolig, då det synts så osannolikt att det skulle kunna komma fram några bevis mot mig, eller ens en misstanke. Ändå kändes det som en stor lättnad när jag läste notisen i tidningen. Det kändes som om det var ett slags bekräftelse på att nu behöver jag inte tänka på det här längre

Det enda misstag jag gjorde var att ljuga om när jag träffade Oscar senast: Men att någon nu så här långt efteråt skulle komma på att man sett mig i hans bostad på fredagsmorgonen är inget jag ens behöver tänka på.

Nu kan jag helt försöka glömma bort vad jag gjort. En sak som oroar mig lite är att jag aldrig under några omständigheter kan erkänna, eller ens antyda mitt dåd, inte ens för de personer som står mig mycket nära. Jag får inte prata i sömnen och jag får inte fälla någon oförsiktig kommentar. Om jag glömmer hela historien med alla detaljer minskar nog risken att jag pratar bredvid mun.
Att någon annan skulle börja med någon sorts privatspaning är heller inget som oroar. Oscar hade inga vänner eller nära anhöriga som kan tänkas vara, så missnöjda med polisens slutsats, att de skulle motivera att de skulle börja arbeta med någon sådan spaning.

Nu när han är borta behöver jag inte längre vara orolig för att han ska få reda på vad jag har för mig.

Kapitel 41

I ett kort telefonsamtal från polisen till Sara hade man meddelat att man inte längre hade något behov av att behålla Oscar Lonfeldts kropp, så det var fritt fram att ordna med jordfästning.

Eftersom Oscar inte lämnat efter sig några skriftliga önskemål om hur han skulle begravas hade Sara bestämt att begravningsakten skulle ske i Länghems kyrka.

En enkel dödsannons sattes in i Borås Tidning, där man meddelade att begravningsakten skulle ske i kretsen av den närmaste släkten. Något datum och klockslag för akten upplystes inte om. Samma dag som annonsen publicerats ringde Berit Holmkvist till Per-Olof och sa att hon gärna ville delta. Han sa att hon naturligtvis var välkommen, vilket han senare också stämde av med Sara.

Begravningen hölls en fredag i början av juli med vackert väder och fyra mörkklädda personer samlades utanför kyrkan några minuter före aktens start. Det var Sara, Berit, Per-Olof och Simon som artigt hälsade på varandra på det stela och allvarliga sätt, som är brukligt vid begravningar. Någon representant från begravningsbyrån hade man inte ansett vara nödvändigt, så när fem minuter till utsatt tid var kvar, gick man in och satte sig på första bänkraden till vänster. Kyrkklockorna startade med sin ringning och när den sista mässingsklangen ljudit ut kom prästen in och startade ceremonin.

Han var påläst och talade väl. Han gjorde något man skulle kunna kalla en objektiv resumé av Oscars liv. Undvikande allt som kunde vara kontroversiellt beskrev han hur Oscar efter sin Amerikavistelse haft en lyckosam affärskarriär. Han nämnde några av de företag där Oscar var ägare eller delägare men berörde över huvud taget inte det faktum att han haft många fiender.

Efter akten tackade de prästen för hans arbete och lämnade kyrkan. Det hade bestämts att Oscar skulle kremeras och så småningom gravsättas i en urnlund på Länghems kyrkogård.

Gästerna samlades på kyrkogården för att säga adjö. Av de fyra gästerna var Berit den enda som var blank i ögonen och när de var klara att lämna sa hon.

– Jag är mycket medveten om att Oscar hade många fiender och mycket få som verkligen tyckte om honom även om många var med och fjäskade. Jag vet inte, men kanske var jag den enda som verkligen tyckte om honom och jag får säga att jag kommer att sakna honom. Han var alltid juste mot mig och jag såg nog sidor hos honom som han aldrig visade upp i andra fall.

– Det är nog som du säger, svarade Sara. Den sida som de flesta av oss såg hos honom var inte särskilt positiv, men det är inte vår sak att döma. Det kommer att göras i en högre instans och det är min tro att både de onda och de goda sidorna kommer att läggas i vågskålen och domen kommer att bli gudomligt rättvis.

Berit tittade lite undrande på Sara som för att försöka förstå om hon menade allvar eller om hon försökte driva med henne. Något svar fann hon dock inte i Saras småleende ansikte så hon tog åter avsked och de skingrades åt olika håll.

Kapitel 42

Det är möte i gruppen som hanterar utredningen om Oscar Lonfeldts död. Johan Rabinder talar om att han och åklagaren gemensamt har bestämt att utredningen ska avslutas med slutsatsen att det är en olyckshändelse som var orsak till dödsfallet.

Lonfeldt var känd för att använda olika växter dels i sin diet men också som ingredienser i olika naturmediciner som han själv framställde. Det var sannolikt att han själv gjort något misstag i samband med detta. Det var känt att han använt fingerborgsblommans blad för att göra egen hjärtstimulerande medicin, så han hade helt klart själv plockat sådana blad som blev hans död. Det hade heller inte framkommit något som tydde på att någon annan skulle ha varit inblandad i att han fått i sig den dödliga dosen. Därav detta beslut.

Alla de närvarande drog en suck av lättnad. Ingen hade någon avvikande uppfattning men sucken var mest för att de nu äntligen skulle slippa Rabinder.

När Alice Mäkinen kom tillbaka efter det avslutade mötet hade hon ett meddelande att hon skulle ringa till Sture Magnusson.

– Hej Sture, du hade sökt mig.

– Ja, jag har hört att du just sluppit ur Johan Rabinders grepp så jag tänkte passa på innan du dyker in i något annat. Jag ville vara först i kön och fråga om du vill ansluta till vår grupp. Som du vet arbetar vi med speciell inriktning mot gängkriminalitet.

– Ja, det vill jag gärna svarar Alice direkt.

– Bra, kom upp till mitt rum nu med det samma, så ska jag sätta dig in i vad vi håller på med just nu.

Tio minuter senare sitter hon bänkad i Stures rum där de har var sin kopp rykande kaffe fram för sig.

– Du har säkert hört på nyheterna att vi tagit 500 kilo kokain i beslag för några dagar sedan.

– Ja, jag får väl gratulera.

– Tack för det. Vi har häktat Roland Nastic som vi misstänker är huvudmannen, vi har haft spaning på honom i ett halvår inklusive telefonavlyssning. Tack vare att vi kunnat avkoda deras telefontrafik har vi ett mycket gott bevisläge mot honom. Men vi har inte hållbara bevis mot den som vi tror är finansiären bakom det hela. En gammal bekanting till dig, nämligen Tony Persson.

– Verkligen, visserligen var han en ovanligt osympatisk typ men att han höll på med sådant det var en nyhet. Men ekonomiskt skulle han säkert kunna ha råd med det.

– Jag har haft honom inne för förhör, men det slutade med att han slutade svara på frågor överhuvudtaget, så vi kom inte så mycket längre då.

– Det vi har på honom är att vi vet att han haft minst två långa samtal med Nastic. Något han först förnekade när vi förhörde honom. Vi vet att han fört över 40 miljoner kronor till ett bolag i Marocko. Den summan räcker kanske inte riktigt till för att finansiera 500 kg kokain, men det räcker en bra bit på väg. I den utskrift från hans almanacka jag fick av dig står att han var i Hannover den 1 juni, men vi vet att han fortsatte till Marocko.

Vad han gjorde där vet vi ännu inte riktigt men vi samarbetar med marockansk polis där, så de ska försöka ta reda på det. När vi kommit så långt slutade han att svara på frågor, efter råd från sin advokat.

Sture avbryter sig för att gå och hämta en påse med bullar som han har haft stående på sitt skrivbord.

– Jag höll på att glömma de här, sa han. Jag trodde att det skulle bli svårare att få dig att ansluta så det här var tänkt som mutor.

De mumsar på var sin bulle en stund innan Sture fortsätter:

– Min tanke är att du ska starta med förhör av hans omgivning. Sambo, sekreterare, vänner eller vem som helst som står honom nära. Han har säkert inte berättat sanningen för någon men kan ändå ha nämnt sådant som kan vara ledtrådar. Han ska få känna att det drar snålt om benen på honom.

– Det låter väldigt intressant, kan vara skönt att få ta tag i något rejält efter all tid vi lagt ner på Lonfeldts död. Men jag har en idé. Yngve blev ju ledig i dag också. Kan du inte be honom komma över också, vi jobbar väldigt bra tillsammans med förhör.

– Bra idé det ska jag göra direkt.

Kapitel 43

Veckan efter Oscars begravning satt Sara, Therese och Per-Olof med var sin kopp kaffe på hans kontor. Stämningen var inte fientlig som man kanske skulle kunna tro, utan mer nyfiken och öppen för vad som än komma skulle. Ett ganska bra utgångsläge för att få till ett bra resultat i en förhandling tycker Per-Olof
.

Det var Terese som hade ringt till Sara och ville att de skulle träffas för att prata. Sara hade varit mycket bestämd med att Per-Olof också skulle vara med.

Terese hade inte hört ett ord från Sandor på fyra veckor sedan hon talat om för honom att hon lagt ner försöket att få ärva. Så jag får väl gå själv då tänkte hon och lika bra är det.

Det är en märklig situation vi är i här, börjar Sara. Om det är så att du verkligen är Oscars dotter, så är det du ensam som ska ärva honom. Problemet är bara att du inte vet hur det är med säkerhet.

– Om jag hade haft det gott ställt så kunde jag ha processat om det, men det har jag inte så jag vågar inte starta en något som kostar en förmögenhet, svarar Terese. Men i hela mitt liv har jag fått höra att Lonfeldt är min pappa som övergav min mor när hon blev med barn.

– I en sådan process skulle du vara tvungen att kunna bevisa att du är hans dotter fortsatte Per-Olof. Och jag tycker det verkar svårt för dig att göra det. Om Oscar levt hade kanske ett DNA-prov från honom kunnat vara ett sådant bevis, om nu Oscar gått med på att lämna ett sådant prov, vilket jag starkt betvivlar. Nu är han död, kremerad och begraven så den möjligheten finns inte längre. Du har aldrig träffat honom och Oscar har tydligt förnekat att du skulle kunna vara hans dotter. Som jag ser det är dina möjligheter att lyckas vinna i domstol ganska små.

– Men det viktiga är väl om du verkligen är hans dotter, bevisat eller inte, infogade Sara. Om det varit ställt utom allt rimligt tvivel att det var så, skulle jag utan att tveka låta dig ta över allt. Men jag tycker det verkar som om du själv är ganska osäker. Hade du varit säker hade vi väl inte suttit här och talat, då hade du startat en process

– Hur säker är du på att dina föräldrar verkligen är dina föräldrar? undrar Terese. Det är väl inget man kan veta med säkerhet. Det är ju bara något som man sagt till dig från det du var liten.

– Jag är säker på att mina föräldrar verkligen var vad de utgav sig för så jag har inget tvivel.

– Vad jag förstår, säger Per-Olof, så har aldrig Oscar erkänt faderskapet.

– Nej, det har han inte. Mamma försökte få socialen att övertala honom till det, men han nekade och socialen trodde mer på honom än på min mamma av någon anledning. Kanske för att han var rik och mäktig och hon inte var det.

– Det kan ju också vara så att socialtjänsten hade goda belägg för sitt beslut. Men för att återgå till kärnfrågan, säger Per-Olof, så vad är det du tror att du kan få ut av det här?

– Jag hade tänkt att vi skulle göra någon form av uppgörelse där jag lovar att jag förbinder mig att i framtiden inte komma med några anspråk på arv.

– Din tanke är då att du ska få en ersättning för att göra detta?

– Ja, så är det.

– Hur stor ersättning då?

– Jag hade tänkt mig tio miljoner som en gåva.

– Det är alldeles för mycket, säger Per-Olof. Sannolikheten är alltför liten att du skulle kunna vinna. Så vad Sara här eventuellt betalar för, är att slippa bli indragen i en process över huvud taget. Nu har vi inte pratat om några summor, men jag kan tänka mig att det kan vara värt högst ett par miljoner.

Terese biter sig i läppen och är tydligt generad. Hon tycker att det känns ungefär som att spela poker, men här är insatserna skrämmande höga. Dessutom vet hon att hon aldrig haft något pokerface.

– Minst fem miljoner ska jag ha, annars skriver jag inte på något.

– Nej, det är också för mycket, säger Per-Olof.

– Jo, vi kommer överens om fem miljoner avbryter Sara. Men du måste ha klart för dig att du inte kommer att få några pengar innan arvskiftet är klart och under förutsättning att det är jag som ärver.

– Okej jag förstår, sa Terese. Är vi överens då?

– Ja, säger Sara, vi är överens om fem miljoner för en avsägelse av möjligt arv. Vi tar kontakt med en advokat som ser till att ta fram nödvändiga papper.

Per-Olof verkar irriterad över att Sara tagit ett beslut utan att han fått vara med och avgöra men säger ändå:

– Då träffas vi här om några veckor för att skriva under två dokument. Hur det ska utformas kan jag inte säga utan att ha rådfrågat en advokat men innebörden ska ju vara att du gör avsägelse av möjligt arv och ett löfte från Sara där hon skriver att du ska ha fem miljoner om hon verkligen blir arvtagare till Oscars hela förmögenhet.

Terese verkar belåten med vad de kommit överens om. Att hon inte har något pokerface är uppenbart när man ser hur belåten hon är. När Terese har gått säger Sara till Per-Olof.

– Du tycker förmodligen att det var dumt av mig att gå med på ett så högt belopp, men även om chansen att hon har rätt är ganska liten så skulle en process säkert dra ut på tiden, kanske många månader, med att göra ett arvskifte. Jag tror inte det är bra för affärerna att det är oklart vem som är ägare, ingen kan ju ta några stora beslut i ett sådant läge.

– Ja det kan du nog ha rätt i men hon hade nog accepterat ett lägre bud.

Kapitel 44

Allt sedan Tony hört Sture Magnusson säga att han var misstänkt för att ha finansierat ett parti på 500 kilo kokain, hade hans hjärna varit liksom tudelad. Han pratade, arbetade och levde ett liv där den ena halvan hanterade detta som vanligt medan den andra om och om igen ältade och förbannade att han gett sig in i den här miserabla affären. Han hade naturligtvis inte själv tagit någon kontakt med Roland Nastic men hade ändå fått ett meddelande från honom.

En kväll hade han varit och druckit några öl tillsammans med några affärsbekanta och då blivit kontaktad av en helt främmande ung man när han var inne på toaletten på krogen.

Den unge mannen hade mycket artigt framfört en hälsning från Roland och ett budskap som bestod i en uppmaning att snarast bränna det kuvert han fått från honom som säkerhet. Uppmaningen följdes av ett mycket tydligt hot: om något av innehållet i detta kuvert, någonsin skulle bli känt för en enda människa så var hans dagar räknade.

Kuvertet hade han haft fasttejpat på baksidan av en tavla i vardagsrummet hemma. Han hade bränt kuvertet så fort han kom hem på kvällen, vilket visade sig vara väldigt turligt för nästa dag kom polisen och gjorde en husrannsakan både i hans bostad och på hans kontor. Han tackade sin lyckliga stjärna att han hunnit undanröja pappret, annars hade han sannolikt varit tvungen att rymma landet och byta identitet.

Det var inte bara husrannsakan som stört honom. Polisens aktiviteter hade även inneburit att hans sambo Anita hade blivit hämtad till ett långt förhör, vilket lett till många frågor om vad han gjort och slutat med ett präktigt gräl och ett beslut från henne att nu fick det vara nog. Han fick flytta någon annanstans. Lägenheten skulle hon ha kvar.

När han påpekade att det var han som betalt för lägenheten, blev han upplyst om att eftersom de flyttat in i den tillsammans hade hon lika stor rätt till den som han hade. Oavsett vem som hade betalat för den. Det hela hade slutat med att han numera bodde i den lilla övernattningslägenhet som han hade i anslutning till kontoret.

I stort sett hela hans yrkesmässiga omgivning hade fått frågor från polisen om sina affärer med Tony, vilket i hög grad påverkade de övriga affärerna. Man behandlade honom nästan som om han smittats av någon farlig farsot och måste undvikas. De som han ägde företag ihop med hade inte kunnat undvika honom helt, men attityden från dem var oftast avvisande.

Ingen i hans omgivning hade kommit undan. Inte ens hans mamma som var över åttio, hade de låtit vara i fred. När hon ringde honom för att höra vad det handlade om hade hon passat på att ge honom en ordentlig uppsträckning.

– Du hälsar aldrig på mig och du ringar nästan aldrig och när man hör något från dig så är det via polisen som har de allra underligaste frågor om dina affärer, precis som om du skulle berätta något för mig. Hade hon sagt.

Ska det fortsätta så här så är det lika bra att sälja av allt och flytta till Thailand sade han till sig själv. Samtidigt rullade den ena hjärnhalvan den olycksaliga kokainaffären om och om igen, vilket påverkade hans nattsömn och han kände att snart kommer han att bryta ihop.

De båda poliserna som tidigare förhört honom om Oscar Lonfeldt hade också kontaktat honom efter husrannsakan och bett honom förklara olika saker, men han hade konsekvent vägrat svara på några frågor. Bland annat ville de veta varför han köpt 10 000 hektar ofruktbar obefolkad stenöken i Västsahara, som dessutom låg i ett område som kontrolleras av Polisario. Men han hade inte haft någon kommentar till dem om det heller, men hade i sitt stilla sinne tänkt "jaså var det där det låg". Då är det väl inte stor chans att jag ska kunna sälja det vidare.

Kapitel 45

Häromdagen fick Per-Olof ett brevsvar, som han tyckte var mycket positivt. Det var resultatet av en undersökning han hade gjort. Han hade gjort undersökningen i hemlighet och hade lite dåligt samvete för att han inte talat med Sara om detta innan. Det är lika bra jag ringer och berättar direkt, det är inget att dröja med tänker han.

– Hej Sara, det är Per-Olof. Hur är läget kan du tala ostört?

– Jodå, jag är ensam här. Är det något viktigt, du låter så hemlighetsfull?

– Nej, det är inget som hänt, men jag har gjort lite efterforskningar i hemlighet. Jag tänkte att du kanske inte skulle gilla att jag snokade i det.

– Vad pratar du om, nu blir jag riktigt nyfiken.

– Du minns kanske att när Terese Hillman var på besök hos oss, ja då vi kom överens. Så var hon ju ganska förkyld och satt och snöt sig hela tiden. Näsdukarna kastade hon i min papperskorg.

– Jo, det minns jag, men vad är det med det då? Har du blivit smittad av något eller vad är det frågan om?

– Du får ursäkta att jag inte pratade med dig om det först, men jag var så nyfiken så jag kunde inte låta bli att kolla upp hur det var med vårt eventuella släktskap.

– Hur har du gjort det då?

– Jo jag sparade näsdukarna och så beställde jag ett DNA-test
dels på mig själv och dels på ett prov jag tog från en av
näsdukarna. Sedan skrev jag till den som skulle utföra testen att
jag ville veta om vi eventuellt var släkt. Jag skrev att jag hade
ett förhållande med en person och det hade framkommit
misstankar om att motparten eventuellt var ett kusinbarn till
mig. Jag skrev att jag ville veta detta innan förhållandet gick
för långt. Jag skrev att jag tyckte att ett alltför nära släktskap
var olämpligt även om det beskrivna inte är olagligt. Eftersom
Oscar och jag var kusiner skulle det tydligt framkomma vid en
sådant test om Terese verkligen kunde vara Oscars dotter.

Han tystnar och väntar på någon form av reaktion. Det dröjer
ett bra tag och Sara tänker, att det där var riktigt smart, men
hon vill ändå inte berömma Per-Olof, då han gått bakom
ryggen på henne, så hon säger i neutral ton:

– Jag förstår, och vad var resultatet?

– Resultatet är att Terese inte är Oscars dotter. Det fanns inga
sådana likheter i våra respektive DNA som skulle ha funnits
där om vi varit så nära släkt. Man önskade mig lycka till i min
nya relation för det fanns inga som helst nära släktskap oss
emellan.

– Så jag och Terese är alltså inte kusiner. Jag hade vant mig lite
vid tanken att vi kanske var det och jag har funderat mycket på
vår överenskommelse och det moraliska i den. Jag vet inte om
jag är glad eller ledsen för det du säger. Nu behöver jag inte
fundera på det moraliska längre, men jag saknar tanken på att
jag kanske hade en kusin. Jag har ju aldrig haft någon
jämngammal sådan.

Per-Olof har lite svårt att förstå att man kan sakna släktingar som man aldrig haft, men säger inget om det utan fortsätter:

– Ja du har ju berättat om dina tankar, så jag tänkte att om det var som det visade sig vara, så behöver du inte fundera på det längre. Om ni varit kusiner hade jag inte sagt något till dig och då hade överenskommelsen fått träda i kraft. Men nu kan vi ju säga upp den. Du har ju inte skrivit på något ännu.

– Nej, stopp nu. Vi ska inte säga upp avtalet. Terese ska få det vi kommit överens om. Jag är tveksam om vi ska tala om resultatet av din undersökning för henne. Hon kanske också tycker det är roligt med en eventuell kusin.

– Men snälla vän. Du kan väl inte ge bort fem miljoner till en person, bara för att hennes morsa inte vet vem som är hennes far. Nu undrar jag om ens du är släkt med Oscar. Ni kan i alla fall inte ha någon ekonomisk DNA tillsammans.

– Du, eller vi, skulle ha gjort den här undersökningen innan vi kom överens med Terese. Om hon hade haft rätt skulle det ju ha varit hon som var ensam arvinge. Nu står vi för vårt avtal. Och så pratar vi inte mer om det. Dessutom säger du att du inte skulle ha talat om det hela för mig om vi varit kusiner och det tycker jag är bedrägeri.

När samtalet avslutats kan Per-Olof inte annat än beundra sin yngre släkting, även om han inte tycker om att hon egentligen säger att han är en bedragare, Hon har en rättskänsla som i alla fall inte jag har tänkte han. Man kan undra hur det kommer att gå med affärerna i framtiden om hon ska vara så här generös.

Kapitel 46

En lördag i slutet av juli är det bröllop i Länghems kyrka.
Simon är mycket stilig i den frack som han hyrt för dagen. Sara
hade själv sytt sin brudklänning med mycket vit spets. Den
graviditet som Irma förutspått kan man inte se några tydliga
tecken på, åtminstone de som inte har Irmas förmåga.
Tillsammans bildar de ett mycket vackert par.

Efter akten i kyrkan är det bröllopsfest på Stora Byrhult med
ett trettiotal inbjudna gäster, däribland Lennart och Irma.

När brudparet anländer är alla gästerna samlade framför stora
trappan där det bjuds på ett glas champagne. Gratulanterna
avlöser varandra och det fotograferas mycket. När de står där
kommer en skata flygande och nästan som för att förstöra
festen släpper den en präktig skit som landar på Simons ena
axel.

– Det är ett gott omen, menar en äldre dam. Det betyder tur att
få en fågelskit på sig så detta innebär bara att ert äktenskap blir
lyckligt.

– Jag minns att Oscar satte sig i en fågelskit men det innebar då
ingen tur eller lycka för honom, sa Sara.

– I det här fallet betyder det i alla fall tur är de flesta eniga om.

Det blir en mycket avslappnad och lättsam bröllopsfest med ett
antal tal av dem som står närmast brudparet. Festen hade nu
kommit till det skede där alla talen var slut och man samlades i
små grupper runt småbord för lite lugnare samtal, ett slags
bordsmingel.

Eftersom så gott som alla ska övernatta så kommer det fram starka drycker. Per-Olof, Irma och Lennart sitter tillsammans med Yngve Malm som är en gammal medarbetare. Han är hantverkare och egenföretagare och kan i stort sett allt som gäller fastighetsunderhåll så som el-arbete, snickeri och rörmokeri. Per-Olof betraktar honom som en arbetskamrat och han är också avlägset släkt, både med Oscar, Per-Olof och Sara.

– Om Oscar hade levat så hade aldrig det här bröllopet ägt rum, säger Yngve.

– Vad menar du med det? frågar Lennart.

– Hur konstigt det än kan låta så var Oscar angelägen om släkten. Han tyckte illa om att det skulle giftas in folk i släkten som han inte tyckte riktigt dugde. Jag minns hur han var på dig när du Per-Olof sällskapade med Olga. Även om hon var skitsnygg så hade hon väl ett något skamfilat rykte så han tyckte inte hon dög. Jag minns att han både skällde och hotade dig med både det ena och det andra om du inte gjorde slut med henne, Så du var väl tvungen till slut, eller hur?

– Jag minns mycket väl att han bråkade och skällde. Men han hade inte behövt göra sig så stort besvär. Det var helt enkelt så att Olga träffade en annan, så det var hon som gjorde slut, när hon blev tvungen att välja. Tråkigt tyckte jag då, även om det var nog lika bra som skedde, men det var inte Oscars verk att det inte blev något, sa Per-Olof. Ändå har du rätt för jag har haft ett par andra relationer som slutat hastigt och där jag på goda grunder tror att Oscar varit inblandad.

– En annan sak jag minns, sa Yngve, var att han inte ville godkänna att hans bror, Saras pappa, gifte sig med sin Stina. Hon dög inte heller av någon oklar anledning, men det struntade de två i och gifte sig ändå. Yngve och Oscar var ju bröder, men väldigt olika. Oscar var en ganska hänsynslös affärsman medan storebror Yngve ville alla väl och gärna hjälpte alla han kunde. Han var ju också religiös, något som Oscar var helt främmande inför.

– Men, fortsatte Yngve, Oscar glömde aldrig att de gift sig mot hans vilja och vägrade att hjälpa dem när de hade det svårt. Inte ens när både brodern och svägerskan var döda kunde han helt glömma det. Sara var ju bara arton år då när de båda dog, så man kan ju tycka att det hade varit naturligt om han hade tagit hand om henne, men hon fick klara sig själv.

– Ja, det minns jag också, sa Per-Olof. Oscar var inte den som glömde bort sådana saker, du har nog rätt. Med tanke på Simons förflutna hade han gjort precis allt för att stoppa det.

Samspråket fortsätter tills klockan närmar sig tolv, då det hela avslutas och alla är helt överens om att det har varit en fantastisk dag.

Kapitel 47

Alice och Sture sitter i den senares kontorsrum för en genomgång om hur det går med arbetet att samla bevis mot Tony. De går igenom vad som framkommit i de båda husrannsakningarna som gjorts både hemma hos och på Tonys arbete. Särskilt intresse ägnas åt ett avtal som skrivits på ett hotell i Marocko i början av juni.

I avtalet slås fast att Tony köper ett markområde för motsvarande 40 miljoner svenska kronor av ett marockanskt bolag. Bolagets verksamhet är något oklar. Köpeskillingen har transfererats över några dagar senare när Tony är tillbaka i Sverige.

Alice går igenom en rejäl bunt med förhörsprotokoll och andra handlingar som beskriver den förhörsverksamhet som hon och Yngve genomfört den senaste tiden.

– Husrannsakan gav inte så mycket som jag hoppades på, säger Sture.

– Vi fick ju veta vad han gjorde i Marocko i alla fall säger Alice. Han köpte 10 000 hektar helt värdelös stenöken som han dessutom knappast ens kan besöka. Han betalade motsvarande 40 miljoner för den så det är ju helt uppenbart att han skulle ha något annat på köpet också, som 500 kilo kokain till exempel. Jag vet inte vad dagsnoteringen på kokain är, men det finns nog även någon annan som skjutit till pengar också.

– Det är nog Nastic själv som stått för resten, säger Sture. Han hade pengar undanstoppade på konton i utlandet som är borta nu.

– Då är det ju inte så stor idé att leta efter någon annan investerare.

– Bortsett från det här så verkar Tony Persson ha vandrat på den smala stigen. Vi har inte hittat något över huvud taget som tyder på att hans affärer inte skulle vara lagliga. Att köpa en värdelös stenöken är trots allt inte olagligt även om det är så dumt att det nästan borde vara straffbart. Att åklagaren skulle åtala honom eller att han skulle bli dömd är helt otänkbart.

– De senaste dagarna har han sålt ut en del av sina investeringar och satt in pengarna på ett konto i Schweiz. Inte heller det olagligt, men det kan vara ett tecken på att han har tankar på att lämna landet.

– Vi har gjort så många förhör och intervjuer nu att jag har tappat räkningen. Men de har ett gemensamt och det är att de inte har gett någonting.

– Ni har gjort ett gediget och viktigt arbete, men det hör till jobbet att man inte alltid kan räkna med att lyckas. Så var inte alltför ledsen.

– Lite ledsen kan jag väl få vara ändå. Jag tycker vi kommit till vägs ände säger Alice.

– Vi får väl vara glada att vi kunnat sätta dit Nastic. Han kan nog räkna med att få gratis kost och logi i uppemot tio år.

Kapitel 48

En gråmulen dag i början av oktober ber advokat Göransson Sara komma över för att formellt avsluta bouppteckningen och arvskiftet.

Advokatkontoret ligger på Österlånggatan i centrala Borås och har gjort så alltsedan Göranssons far startade sin verksamhet där för över 70 år sedan. Inte så mycket har förändrats i miljön på kontoret sedan dess. Atmosfären andas allvar och stramhet och Sara känner sig nästan andäktig när hon sätter sig tillrätta i den bekväma läderfåtöljen mitt emot Göranssons nästan hundraåriga stora skrivbord.

– Vi har ju talats vid ett antal gånger så det är inga nyheter direkt jag har att komma med idag. Det är en del papper du ska skriva på och när du går härifrån så kommer du att vara ägare till hela Oscar Lonfeldts förmögenhet.

– Inget testamente eller andra arvingar har kommit fram sedan sist då vi talades vid?

– Nej, det har det inte. Min byrå har ju haft Oscar som klient i ganska många år och det är min förhoppning att du kommer att vara det på ett motsvarande sätt framöver.

– Jag kommer inte att göra några förändringar så här med detsamma. Per-Olof kommer att bli VD för koncernen som ju består av ett ganska stort antal helägda aktiebolag, men även en del samägda med andra. Själv kommer jag att bli styrelseordförande. Om sisådär två månader kommer jag att bli mamma. Eftersom det är första barnet och jag inte har någon erfarenhet vet jag inte hur mycket tid jag får över till det här arbetet, men det får ge sig efterhand. Sannolikt kommer det inte att bli några stora förändringar någonstans åtminstone under det första året. Jag vet att Per-Olof har stort förtroende för dig och din byrå så du kan räkna med att vi kommer att anlita dig även i fortsättningen.

– Ja, då tackar jag för förtroendet. Det ska bli mycket trevligt att arbeta med dig och även med Per-Olof, som jag ju har känt och arbetat ihop med i många år.

Efter genomgång av diverse handlingar och underskrifter avslutas mötet och Sara lämnar advokatkontoret.

Ute på Österlånggatan faller ett lätt duggregn och medan Sara promenerar till parkeringen funderar hon på hur hennes liv kommer att förändras från och med denna dag

Jag är en av Sveriges rikaste kvinnor, med stor makt men också med stort ansvar, tänker hon. Jag hoppas att jag kommer att kunna hantera den här rollen på ett vettigt sätt. Jag får använda det sunda förnuft jag har så får vi hoppas att det räcker. Förändringen har gått så fort, men ändå är jag en annan människa än jag var för bara ett halvår sedan. Ansvaret tynger men det ska också bli fantastiskt roligt att ta mig an mitt nya liv.

Kapitel 49

Terese har sovit dåligt i natt. I går eftermiddag hade hon fått ett sms från Per-Olof Svensson där han bad henne komma till hans kontor nästa morgon klockan tio. Som han skrev, för att diskutera deras mellanhavande. Hon hade genast försökt ringa för att fråga vad han menade med "att diskutera deras mellanhavande". Men hon hade inte kunnat komma fram, då en kontorist svarade att kamrer Svensson satt i sammanträde och inte fick störas. Hon hade sedan svarat på sms:et att hon skulle komma men skrev också och undrade vad mötet skulle handla om, men det hade hon inte fått något svar på.

De hade inte talats vid sedan det förra mötet då hon blivit lovad fem miljoner om hon avstod att driva en arvsprocess. Något avtal hade ännu inte blivit skrivet så som sagts på detta möte och Terese hade flera gånger tänkt att de ändrat sig.

Hon kastades mellan hopp förtvivlan att det skulle ske nu, men fruktade att de skulle säga att de ångrat sig, därav den dåliga nattsömnen.

När Terese stod på gatan utanför var hon nervös, så nervös att hon tyckte att det säkert syntes utanpå och det kunde ju inte vara bra. Jag måste skärpa mig, tänkte hon och tog tre djupa andetag innan hon klev in.

Hon frågar efter Per-Olof Svensson som genast kommer ut och hämtar henne in till sitt kontorsrum, där även Sara sitter och väntar. Terese kan konstatera att Sara är gravid, något hon inte noterat förra gången de möttes.

– Vi börjar väl med lite kaffe säger Per-Olof.

– Ja, jag vill gärna ha svarar Sara. Jag såg att du köpt wienerbröd så jag är jättesugen. Vad säger du Terese vill du inte också ha lite kaffe?

Terese skulle helst vilja skrika att de ska skippa skitpratet. Hon ville inte ha något kaffe, hon ville veta vad de har att säga, men i stället säger hon:

– Jo tack gärna.

Per-Olof springer fram och tillbaka för att plocka fram koppar och hämta kaffe och en stor påse med wienerbröd. Terese tycker att det verkade som om han försökte dra ut på tiden men till slut är han färdig och samtalet kan börja.

– Jag har här tagit fram ett avtal där du avsäger dig all rätt till arv efter Oscar Lonfeldt, säger Per-Olof. Jag har också avtalat med vår bank om ett möte till klockan elva och tanken är då att Sara och du ska gå dit och där kommer en överföring på fem miljoner att göras till ett konto i ditt namn. Det vore bra om du i alla fall till en början accepterar att kontot finns i samma bank som Sara. Är det okey?

Terese kände att hon ville hoppa upp och jubla, men lyckades behärska sig och svara:

– Jo, men det blir väl bra. Jag har egentligen inga bankaffärer mer än ett lönekonto så det spelar ingen roll för min del.

När man gör överföringar av stora belopp vill bankerna veta vad orsaken till överföringen är. De har krav på sig att inte göra överföringar om man kan misstänka att det rör sig om så kallad penningtvätt.

- 173 -

– Får man fråga vad du tänker använda pengarna till? frågar Sara.

– Jag har inga detaljerade planer. Men jag jobbar nu i logistikbranchen och har lite erfarenheter därifrån. Jag har en idé om att starta ett företag där man åtar sig lagerhållning och leveranser åt mindre e-handelsföretag som inte vill investera i egna lager och distributionsrutiner.

– Det låter riktigt spännande och som en utmärkt idé. Då kommer jag att säga på banken att överföringen är ett startkapital till en sådan satsning och att vi kommer att bli kompanjoner. Kompanjonskapet är bara ett svepskäl så det behöver du inte bry dig om.

– Jag tycker att det låter bra, så jag har inga invändningar. Kanske är vi verkligen släkt också så det vore väl inte så konstigt om vi var kompanjoner.

Sara och Per-Olof utväxlar snabba blickar och båda öppnade munnen, men Sara hann först.

– Tyvärr så är vi inte släkt. Det är så att Per-Olof har gjort lite egna undersökningar, ja du kan väl berätta själv Per-Olof sade Sara.

Per-Olof berättar nu för Terese det samma som han för ett tag sedan berättat för Sara om DNA-testen som han genomfört.

Terese tittar misstroget på båda och säger sedan:

– Men varför pratade ni om att gå till banken och allt det där andra. Då blir det väl inga pengar till mig.

– Vi har ett avtal och har man avtalat något ska man stå för vad man kommit överens om. Det kan vara bra för dig att komma ihåg när du blir affärskvinna. Saken är ju också att vi kanske inte talat om för dig om DNA-testet haft ett annat resultat. Men om du är färdig med kaffet är det bäst att vi går till banken nu så vi inte blir försenade till den avtalade tiden.

Kapitel 50

Per-Olof och Sara har träffats för att prata affärer. Sara arbetar inte så mycket längre, men de ses ändå någon eller några timmar var dag för att Per-Olof ska informera om vad som pågår. Han är numera VD för koncernen som de brukar kalla verksamheten och det har varit mycket för honom att sätta sig in i, men han har jobbat hårt och tycker att han har ett gott grepp över vad som händer.

Sara är ännu inte helt insatt i allt, men har fullt förtroende för Per-Olof. Hennes avsikt är att på allvar börja arbeta först en tid efter att hennes barn har fötts.

– Jag har fått ett brev i dag från Örjan Gustavsson börjar Per-Olof.

– Namnet låter bekant men jag kommer inte ihåg vem det är.

– Det är han som är VD för bolaget Fastighetsservice. Du vet de som säljer underhållstjänster till olika fastighetsägare och även sköter underhållen på våra.

– Jaha, vad vill han då?

– Han säger upp sig och vill sluta så fort som möjligt.

– Men han har väl några månaders uppsägningstid antar jag och det kommer väl att ta tid att hitta en ersättare?

– Jo han har tre månaders uppsägningstid enligt vårt avtal, men det är så att jag faktiskt har en kandidat som jag tror kommer att passa perfekt och som dessutom kan börja omedelbart.

– Jaså hur kommer det sig då?

– Peter Martinsson startade Fastighetsservice för kanske femton år sedan och drev upp det till en bra rörelse, men så behövde han kapital som han inte lyckades låna så han sålde halva, ja till och med 51 procent av aktierna i sitt bolag till Oscar.

– Firman gick fortsatt mycket bra, fortsätter Per-Olof. Då slog Oscar till och med diverse fula trick köpte han ut Peters 49 procent för en spottstyver. Sedan avskedade han Peter som naturligtvis blev vansinnig, men inte kunde göra något. Han har inte lyckats skaffa sig något ordentligt jobb sedan heller utan bara hoppat runt på det ena och det andra. Några månader efter att Oscar dog kontaktade han mig och undrade om han inte kunde få tillbaka jobbet som VD på sitt gamla företag. Han sade att han trodde sig kunna göra ett mycket bättre jobb än vad Örjan gör.

– Låter som om vi är skyldiga honom en chans, men vad sa du till honom då?

– Det här samtalet var ju innan arvet var klart, så jag sa att jag noterat hans erbjudande. Jag lovade att jag skulle prata med dig om du blev arvinge. Jag känner Peter som en mycket duktig person och tyckte då, att det var ett tänkvärt erbjudande, som det vore dumt att tacka nej till. Nu när Örjan vill sluta passar det väldigt bra. Jag tycker att vi erbjuder honom jobbet och att han börja direkt så kan Örjan få gå om en månad.

– Det låter som ett klokt beslut. Jag håller med dig.

Kapitel 51

En riktigt höstlik dag med envist strilande något snöblandat regn i mitten av november tar Lennart bilen för att åka till Länghem. Han har lagt mentalt pussel under en längre tid och har kommit fram till att han måste ha ett samtal med Sara.

Sara som för länge sedan har sagt upp sig och slutat sin tjänst i Länghems missionsförsamling, bor numera på Stora Byrhult. Hon tar emot honom i det stora köket sittande på kökssoffan. Hon är ensam hemma och har just satt sig tillrätta för sin förmiddagsfika. Hon frågar Lennart om han inte vill ha en kopp kaffe han också, vilket han tackar ja till.

En stund senare sitter de på var sin sida om köksbordet med kaffe och nybakta kanelbullar. Lennart sneglar lite i smyg på Sara och kan då konstatera att den graviditet som Irma sett redan i midsomras nu är uppenbar för alla.

– När är det dags för tillökning, undrar Lennart.

– Det ska inte vara mer än några veckor kvar nu, svarar Sara. Det har gått bra hela tiden, men nu börjar det bli jobbigt med den stora magen.

Medan han mumsar på en bulle säger Lennart:

– Utredningen om Oscars död är ju nedlagd numera, efter att, man kommit fram till att orsaken till förgiftningen var olycksfall och orsakat av Oscar själv. Det du säger nu kommer inte att föras vidare. Jag är här för att stilla min högst privata nyfikenhet, en gammal yrkesskada förmodligen. Man har från polishuset uttryckligen uppmanat mig att inte lägga mig i det här ärendet så jag kommer inte att tala om för någon vad du än säger här. Men jag kan inte låta bli att fundera ändå och jag har mina tvivel på att utredarnas slutsats är den rätta.

– Jag har också fått besked om att utredningen lagts ned. Jag tyckte det var skönt att höra även om jag hela tiden trodde at det skulle gå så, inflikar Sara.

– Jag tror så här, fortsätter Lennart: Oscar mördades och det finns många som har motiv, men ditt motiv hade blivit mycket aktuellt just vid tiden för mordet. Oscar hade fått reda på att du var med barn. Kanske talade du om det själv. När han fick veta vem som var fader till barnet kunde han inte acceptera det utan hotade med att gå till polisen. Han hade en akt om barnets far, med påhittade eller verkliga brott som Simon skulle ha begått. En person som han hade full kontroll över och som han kunde utnyttja. Om han skulle tillåta en affär er emellan skulle han förlora den kontrollen och det ville han inte gå med på. Dessutom är det känt att Oscar var mycket noga med hur hans släkt utvidgades och detta kunde han därför inte tillåta. Därför tror jag att du på något sätt smusslade in de giftiga växtdelarna i Oscars mat. Du är en av dem som skulle kunna ha tillfälle till detta, eftersom du var en av de mycket få människor som han släppte in i sin privata bostad.

Lennart tittar stint på Sara medan han pratar, men kan inte se någon reaktion hos henne, mer än möjligen en irriterad rynka mellan ögonbrynen. Han väntar att hon skall säga något, men hon kniper ihop läpparna och säger inget. Kan det vara så att jag har fel trots allt tänker han innan han fortsätter.

– Oscar hade en vit fläck bak på sina byxor när jag hittade honom, sannolikt efter att han satt sig i en fågelskit. Du sa vid ett tillfälle vid ert bröllop att Oscar satt sig i en fågelskit men att det inte gett honom någon tur. Hur kunde du veta det om du inte träffat honom strax före hans död? Du har sagt att du inte träffade honom på flera veckor innan han dog.

Sara ser fortfarande mest irriterad och besviken ut, inte minsta tecken till rädsla kan märkas. Med en hand stryker hon sig sakta över magen. Inte minsta darrning kan märkas på handen och stämman är klar och lugn när hon säger:

– Det du säger stämmer inte och jag måste säga att jag är uppriktigt ledsen för att du tror mig om detta. Utredningen är nedlagd och det finna inga som helst bevis för det du säger. Jag kan gå med på att jag hade ett motiv, men jag är inte den typ av människor som har ihjäl andra, min tro förbjuder det. Dessutom - vad gäller det där med att han fått en fågelskit på sig, så var det jag pratade om en händelse som inträffade för flera år sedan.

– Vad jag hört om Oscar Lonfeldt så fick han vad han förtjänade, säger Lennart och för min del får jag väl erkänna att jag inte kommer att ligga sömnlös om han inte blir hämnad om det nu inte var en olyckshändelse.

– Jag har ett barn i min mage som jag måste göra allt för att skydda och kommer aldrig att erkänna det du anklagar mig för. Även om jag hade varit skyldig hade jag kanske uppträtt på samma sätt, så det är upp till dig att tro vad du vill, men jag hoppas att du tror mig och jag kan svära på att det är sanning. Jag har uppskattat den hjälp du gett mig och Simon och tycker att vi blivit goda vänner och hoppas att det kommer att fortsätta att vara så.

Lennart tackar för kaffet och reser sig för att gå.

– När jag åkte hit var jag tämligen övertygad om att det var så som jag sagt, men du uppträder så lugnt och trovärdigt att du har övertygat mig. Jag får be dig om ursäkt för min misstänksamhet och att du blivit upprörd över det jag sagt. Jag hoppas också att Irma och jag även i fortsättningen kan räkna in dig och din familj bland våra vänner.

Kapitel 52

Jag är verkligen förvånad över mig själv. Jag måste vara en annan människa i dag än vad jag var för bara ett halvår sedan. När Lennart satt här och pratade kändes det som den naturligaste sak i värden att ljuga. Jag som inte ens kunde klämma ur mig minsta nödlögn för ett halvår sedan utan att darra och rodna. Förmodligen är det min graviditet som spelar in. Nu är andra beroende på hur jag agerar. Dessutom har jag inte det minsta dåligt samvete för det brott jag har begått. Det var egentligen rent självförsvar och det är precis som Lennart sa, Oscar fick vad han förtjänade. Mitt motiv var bara att få leva mitt eget liv tillsammans med Simon och om Oscar skulle vara kvar och styra över våra liv så skulle vi inte få det. När jag berättade hur det var så krävde han att jag skulle göra slut med Simon och dessutom göra abort. Om jag inte gick med på det skulle han se till att Simon hamnade i fängelse igen. Han hade ingen rätt att bestämma över våra öden så som han gjorde, så han får skylla sig själv.

Jag har ju tidigare trott att i avsaknad av anhöriga eller vänner, som kunde tänkas ogilla polisens slutsats, var privatspaning inte något jag ens behövde tänka på. Men då hade jag glömt bort att Lennart som med sin bakgrund både som polis och som den som hittade liket skulle vara nyfiken. Trots att jag varit så försiktig så gjorde jag ett misstag när jag pratade om fågelskiten på Oscars byxor. Där ser man hur lätt det är att försäga sig. Men jag lyckades nog övertyga Lennart ändå. Vi får fortsätta att odla vänskapen med honom och Irma så att jag kan hålla koll på om han fortsätter snoka.

Arvet var något som överhuvudtaget inte fanns i mitt huvud då när jag ville röja Oscar ur vägen. När det gick upp för mig att jag skulle ärva, ville jag för allt i världen inte ha det.

Men nu när tiden gått och jag har vant mig vid tanken att jag ska bli rik och mäktig, så måste jag om jag ska vara ärlig erkänna, att det är nog inte så dumt att vara rik. Man vänjer sig lätt. Det är som Per-Olof säger, det är mycket lättare att vara fattig och bli rik än att vara rik och bli fattig.

Efterord.

Detta är en helt fiktiv roman. Det betyder att det inte finns någon som helst verklighetsbakgrund och att ingen av personerna i boken har någon verklig förebild. Alla eventuella likheter med något i verkliga livet är, om de förekommer, helt slumpmässiga.

Till sist vill jag tacka Yvonne Granqvist för hennes hjälp som rådgivare och lektör.